新・知らぬが半兵衛手控帖

律義者

藤井邦夫

JN054303

双葉文庫

目次

第一話　浜町堀　9
第二話　強請屋　90
第三話　律義者　167
第四話　馬の脚　243

律義者　新・知らぬが半兵衛手控帖

江戸町奉行所には、与力二十五騎、同心百二十人がおり、南北合わせて三百人ほどの人数がいた。その中で捕物、刑事事件を扱う同心は所謂《いわゆる》〝三廻り同心〟と云い、各奉行所に定町廻り同心六名、臨時廻り同心六名、隠密廻り同心二名とされていた。

臨時廻り同心は、定町廻り同心の予備隊的存在だが職務は全く同じである。そして、定町廻り同心を長年勤めた者がなり、指導、相談に応じる先輩格でもあった。

第一話　浜町堀

一

雨戸の節穴《ふしあな》や隙間《すきま》から差し込む朝陽《あさひ》は、寝間《ねま》の障子《しょうじ》に明るく映《は》えた。
目覚めは歳を取ると共に早くなる……。
北町奉行所臨時廻《りんじまわ》り同心白縫半兵衛《しらぬいはんべえ》は、古い蒲団《ふとん》の中で手足を伸ばした。
さあて、顔を洗うか……。
半兵衛は、蒲団を出て縁側《えんがわ》の障子と雨戸を開けた。
朝陽が薄暗かった寝間に溢《あふ》れた。
半兵衛は、大きく背伸びをし、手拭《てぬぐい》と房楊枝《ふさようじ》を手にして井戸端に向かった。
ぱちん。
廻《まわ》り髪結《かみゆい》の房吉《ふさきち》は、半兵衛の髷《まげ》の元結《もとゆい》を鋏《はさみ》で切った。そして、髪を解《ほぐ》し、月代《さかやき》を剃《そ》り始めた。

半兵衛は、剃刀《かみそり》の刃《は》が頭皮に触れる感触に心地《ここち》好《よ》さを感じ、眼を瞑《つぶ》っていた。

房吉は、手際良く日髪日剃《ひがみひぞり》を進めた。

「旦那、浜町堀《はまちょうぼり》は元浜町《もとはまちょう》に紅小町《べにこまち》って小間物屋《こまものや》があるのを御存知ですかい……」

房吉は、手を止めずに訊いた。

「いや。知らぬが、その小間物屋の紅小町がどうかしたのか……」

「十日前、旦那の彦兵衛《ひこべえ》さんが浜町堀で溺《おぼ》れ死《じ》にましてね」

「浜町堀で溺れ死んだ……」

「はい……」

「夜、酒にでも酔い、誤って落ちたのかな」

半兵衛は読んだ。

「はい。偶々《たまたま》通り掛かって見た者がそう云《い》いましてね。月番《つきばん》の南の御番所の同心の旦那たちはそう見定めたそうです」

房吉は告げた。

「そうか。だが、何かが引っ掛かるか……」

半兵衛は、房吉の腹の内を読んだ。

房吉が、月番の南町奉行所の同心が見定めた一件を話すのは、納得していないからに他ならない。

「はい。偶々通り掛かって見た者が遊び人で、素性《すじょう》の良く分からない者だそうでしてね」

房吉は、髷を結い始めた。

半兵衛は眉《まゆ》をひそめた。

「見た者の素性が良く分からない……」

「はい……」

房吉は頷《うなず》いた。

「成《な》る程《ほど》。偶々見た者の素性が良く分からないってのは、妙な話だな」

「はい……」

房吉は、頷きながら髷に元結を巻いて結び、鋏で切った。

ぱちん……。

日髪日剃は終わった。

浜町堀の流れは緩《ゆる》やかだった。

半兵衛は、岡《おか》っ引《ぴき》の本湊《ほんみなと》の半次《はんじ》と下《した》っ引《ぴき》の音次郎《おとじろう》を従えて浜町堀に架かっている汐見橋《しおみばし》の袂《たもと》にやって来た。

「小間物屋の紅小町、あそこですね……」

半次は、浜町堀越しに見えるお店の連《つら》なりの一軒を指差した。

小間物屋『紅小町』は赤い暖簾《のれん》を微風《そよかぜ》に揺らしている洒落《しゃれ》た店であり、若い女客が出入りしていた。

「うん。洒落た店だね……」

「ええ。結構、繁盛《はんじょう》しているようですね」

半次は睨《にら》んだ。

「うん。よし、半次と音次郎は界隈《かいわい》に聞き込みを掛けてくれ。私は自身番《じしんばん》に行ってくる」

「はい……」

「じゃあ、半刻（一時間）後にあの蕎麦屋《そばや》にな」

半兵衛は、汐見橋の袂の蕎麦屋を示した。

「承知しました。じゃあ……」

半次と音次郎は、汐見橋を足早に渡って行った。

「さあて……」

半兵衛は、元浜町の自身番に向かおうとし、小間物屋『紅小町』を一瞥《いちべつ》した。

浜町堀越しに見える小間物屋『紅小町』の前には、背の高い旅姿の男が佇《たたず》んでいた。

うん……。

半兵衛は、眼を凝《こ》らした。

背の高い旅姿の男は、笠を上げて小間物屋『紅小町』を眺《なが》めていた。

誰だ……。

半兵衛は、旅姿の男の笠に隠れた顔を見定めようと、汐見橋を渡り始めた。

刹那《せつな》、旅姿の男は、半兵衛に気が付いて足早にその場を立ち去った。

逃げられた……。

偶々、女客の多い小間物屋の前に佇んでいて、町方同心に声を掛けられては面倒なだけだと思ったのか……。

半兵衛は、旅姿の男の気持ちを読んで苦笑し、自身番に向かった。

半次と音次郎は、小間物屋『紅小町』の周囲のお店にそれとなく聞き込みを掛けた。

「酔っ払って浜町堀に落ちたなんて、気の毒な話ですよね」

半次は、小間物屋『紅小町』主《あるじ》の彦兵衛を哀れんだ。

「ええ……」

近くの瀬戸物屋《せとものや》の旦那は頷いた。

「それにしても、彦兵衛の旦那、普段から良く酒を飲んでいたんですか……」

「いいえ。酒は嫌いじゃあなかったと思いますが、飲み歩いている処《ところ》や酔っ払っている処は、見た事ありませんよ……」

瀬戸物屋の旦那は、首を捻《ひね》った。

「見た事がない……」

「ええ。偶に町内の寄合《よりあい》で一緒に酒を飲む事がありましたが、彦兵衛さんはいつも物静かに飲んでいましてね。酔って乱れた姿なんて見た事がありませんでしたよ」

「じゃあ、酒には強かったのかもしれませんね」

音次郎は睨んだ。

「ええ……」

瀬戸物屋の旦那は頷いた。

「親分……」

「ああ。そんな彦兵衛さんが誤って浜町堀に落ちる程、酒に酔ったか……」

半次は眉をひそめた。


「どうぞ……」

元浜町の自身番の番人は、半兵衛に茶を差し出した。

「造作を掛けるね。戴《いただ》くよ」

半兵衛は、茶を啜《すす》った。

「じゃあ、何かい。紅小町は旦那の彦兵衛が死んだ後、一人娘のおふみと婿《むこ》の佐《さ》吉《きち》が後を継ぎ、番頭の善八《ぜんぱち》たち奉公人と引き続き営《いとな》んでいるのか……」

「はい。おふみさんは彦兵衛さんが元気な時から店に出ていましたからね。善八さんにいろいろ相談しながら頑張っていますよ」

店番は告げた。

「おふみの婿の佐吉は……」

半兵衛は、おふみの婿の佐吉の名前が出てこないのが気になった。

「佐吉さんですか……」

「うむ……」

「佐吉さんは、若いのに腕の良い錺職《かざりしょく》で、商売の方は、からっきし駄目でしてね」

店番は苦笑した。

「腕の良い錺職で商売は駄目……」

半兵衛は知った。

「はい。それでも、おふみちゃんが惚《ほ》れた真面目な働き者。亡くなった彦兵衛さん、商売が駄目でも許したんですよ」

店番は告げた。

「その彦兵衛だが、酔って浜町堀に落ちて溺れ死んだか……」

半兵衛は、肝心な話に進み始めた。

「はい……」

「その時、偶々見た者がいたそうだが、何処《どこ》の誰なのかな……」

「それが白縫さま、喜助《きすけ》って名で小網町《こあみちょう》に住んでいる遊び人だと云っていたのですが……」

店番は戸惑った。

「どうかしたのか……」

「はい。南の御番所のお役人さまが酒に酔って誤っての転落、溺れ死にと見定めてからは長屋の家には戻ってないんですよ……」

店番は、困惑を浮かべた。

「長屋の家に戻らない……」

半兵衛は眉をひそめた。

何かある……。

半兵衛の勘が囁《ささや》いた。

「はい……」

店番は頷いた。

「処《ところ》で彦兵衛、浜町堀に落ちた夜、何処で酒を飲んでいたのか聞いているかな」

「さあ、何処で酒を飲んだか迄《まで》は聞いておりませんが……」

「そうか……」

「はい……」

「ならば尋ねるが、彦兵衛は誰かに恨《うら》まれているとか、狙われていたとかはないのかな」

半兵衛は訊いた。

「さあ、彦兵衛さんは、穏《おだ》やかで生真面目な人柄。そのような事は聞いた覚えがありませんが……」

店番は首を捻った。

「そうか……」

半兵衛は頷いた。

もし、彦兵衛が恨みを買っていたとしても、自身番の者が知る筈《はず》もない。

半兵衛は見定めた。

「あの、白縫さま。未だ……」

「うん。処で紅小町、台所の方はどうなんだ」

「そりゃあもう、それなりに繁盛していると思いますよ」

「だろうね……」

店番は告げた。

半兵衛は頷いた。

汐見橋の袂の蕎麦屋は空いていた。

半兵衛は、半次や音次郎と落ち合い、蕎麦と酒を注文した。

「で、どうだった……」

「はい。彦兵衛さん、酒は強かったようですよ……」

半次は、運ばれた酒を半兵衛に酌《しゃく》した。

「そうか……」

半兵衛、半次、音次郎は、聞き込んで来た事を話し合った。

小間物屋『紅小町』は繁盛しており、主の彦兵衛は人柄も良くて恨まれているとは思えなかった。

「恨まれていなく、家での揉《も》め事《ごと》もない……」

「かと云って、足を取られるような酒の飲み方もしない……」

殺されたり、酔って誤っての転落とも思い難い……。

「どっちなのか、はっきりしませんね」

音次郎は眉をひそめた。

「うむ。して、やはり気になるのが、彦兵衛が浜町堀に落ちるのを見た喜助って小網町の遊び人が、長屋の家に戻らない事だな」

半兵衛は苦笑した。

「捜してみますか……」

半次は、酒を飲んだ。

「うん。だが、喜助って名前や遊び人って生業《なりわい》、住まいが小網町の長屋ってのが、何処迄《どこまで》本当の事なのか分かりはしない。無駄働きになるかもな」

半兵衛は読んだ。

「そいつは覚悟の上ですぜ」

半次は笑った。

「捜す手立ては……」

半兵衛は尋ねた。

「そいつが誰かに頼まれての所業なら金を貰っての事。でしたら、金遣いも少しは荒くなるかと……」

半次は読んだ。

「よし、そうしてくれ。私は最後に紅小町の娘のおふみや番頭の善八がどう思っているのか、聞いてみるよ……」

半兵衛は告げた。

「旦那、月番の南町が誤っての溺れ死にと見定めた一件。大丈夫ですかい」

半次は心配した。

「その時は、その時……」

半兵衛は苦笑した。


半次と音次郎は、蕎麦屋を出て小網町に急いだ。

半兵衛は、浜町堀に架かっている汐見橋を渡り、小間物屋『紅小町』に向かった。


小間物屋『紅小町』の店内には、様々な紅白粉《べにおしろい》や眉墨《まゆずみ》、化粧水、櫛《くし》、笄《こうがい》、簪《かんざし》、鏡などが華やかに飾られ、女客で賑《にぎ》わっていた。

老番頭の善八は、訪れた半兵衛を座敷に通した。

「どうぞ……」

二十歳過ぎの女が、半兵衛に茶を差し出した。

「造作を掛けるね……」

「北町奉行所の白縫半兵衛さまにございますか、紅小町のおふみにございます」

茶を差し出した女は、娘のおふみだった。

「ああ。白縫半兵衛だ」

半兵衛は微笑《ほほえ》んだ。

「それで、白縫さま。御用は主の彦兵衛の事にございますか……」

善八は、厳しい面持《おもも》ちで半兵衛を見詰めた。

「うむ。南町奉行所は酒に酔っての溺れ死にだと見定めたそうだが、おふみと善八はどう思っているのかな……」

半兵衛は、茶を飲みながら尋ねた。

「白縫さま、父の彦兵衛は酔いに足を取られる程、お酒は飲みません」

おふみは、硬い面持ちで告げた。

「そうらしいねえ……」

半兵衛は頷いた。

「白縫さま……」

「彦兵衛の事、ちょいと訊いたんだが、どうも酒に酔って誤って浜町堀に落ちるような者とは思えなくてね……」

半兵衛は告げた。

「白縫さま、父の彦兵衛は浜町堀に突き落とされて殺されたのです」

おふみは、溜まっていた物を吐き出す勢いで告げた。

老番頭の善八は頷いた。

「って事は、彦兵衛は殺されたと思っているのか……」

半兵衛は眉をひそめた。

「はい。左様《さよう》にございます」

おふみと善八は頷いた。

「ならば、彦兵衛が誰に何故に殺されたのか、心当たりはあるのか……」

半兵衛は尋ねた。

「心当たり……」

おふみと善八は、戸惑いを浮かべた。

「うむ。誰かに恨まれていたとか、何らかの理由で狙われていたとか……」

「さあ、そのような事はなかったかと。ねえ、善八のおじさん……」

おふみは、善八に同意を求めた。

「う、うん……」

善八は頷いた。

「そうか。恨まれたり、狙われたりはなかったか……」

「はい……」

おふみは頷いた。

「だが、世の中には、当人が知らぬ内に恨まれたり、狙われたりする事もある……」

半兵衛は読んだ。

「白縫さま、父の彦兵衛は殺されたのです。どうか、どうか、御調べ下さい。お願いにございます」

おふみは、半兵衛に両手を突いて頭を下げた。

「白縫さま、手前からもお願いします」

善八も白髪頭《しらがあたま》を下げた。

「分かった。で、おふみ、善八。あの日、彦兵衛は誰に逢いに行ったのかな……」

半兵衛は微笑んだ。

日本橋《にほんばし》小網町は東西の堀留川《ほりどめがわ》の間に一丁目があり、日本橋川の流れ沿いに二丁目と三丁目があった。

遊び人の喜助は、小網町二丁目にある長助長屋《ちようすけながや》が住まいだった。

「此処《ここ》ですよ。いますかね……」

音次郎は、長助長屋の一軒の家の腰高《こしだか》障子を叩いた。

家の中から返事はなかった。

「喜助さん、喜助さん……」

音次郎は、名を呼んで腰高障子を叩いた。

だが、やはり返事はなかった。

「音次郎……」

半次は、音次郎に腰高障子を開けろと目配せをした。

音次郎は頷き、腰高障子を開けた。

格子戸《こうしど》は音を立てて開いた。

「親分……」

「うん……」

半次と音次郎は、喜助の家に踏み込んだ。

家の中は薄暗く、煎餅蒲団《せんべいぶとん》の他に大した家具はなかった。

「音次郎……」

半次は、家に上がって辺りを調べ始めた。

音次郎は続いた。

だが、狭い家の中に喜助の行き先を教えるような物は何もなかった。

「何もありませんね」

「ああ……」

半次は、土間に下りて竈《かまど》の灰を調べた。

竈の灰は固く、冷たかった。

「長い間、使っていないか……」

半次は眉をひそめた。

「喜助、本当に此処に住んでいたんですかね」

音次郎は首を捻った。


半次と音次郎は、喜助の家を出た。

初老のおかみさんが、井戸端にいた。

「おかみさん、喜助が何処にいるのか、知っていますかい……」

音次郎は、おかみさんに十手《じって》を見せた。

「冗談じゃあない。知るもんか……」

「じゃあ、何を知っているんだい……」

半次は笑い掛けた。

「いえね、さっきも中年の男が喜助を捜しに来てね……」

「親分……」

「うん。中年の男、どんな奴だったかな」

「どんなって、背が高く、旅姿だったよ」

「背の高い旅姿の中年男か……」

「ああ。明神一家《みようじんいつか》かとか何とか云いながら出て行ったよ」

初老のおかみさんは告げた。

「明神一家……」

半次は訊き返した。

「ええ……」

「親分、明神一家って……」

「ああ。神田《かんだ》の地廻《じまわ》りだ」

背の高い旅姿の中年男は、遊び人の喜助が地廻りの明神一家と拘《かか》わる何かを見付けたのかもしれない。

半次は読み、眉をひそめた。

二

入谷《いりや》『景徳寺《けいとくじ》』は、鬼子母神《きしもじん》の近くにあった。

半兵衛は、『景徳寺』を訪れ、住職の光慶《こうけい》に逢った。

「浜町堀の紅小町の彦兵衛さんですか……」

光慶は眉ひそめた。

「うん。彦兵衛が酔って浜町堀に落ちて死んだ日、彦兵衛は昼過ぎに此《こ》の景徳寺に来たと聞いたが……」

半兵衛は尋ねた。

「左様。あの日は、お内儀《ないぎ》さまの祥月命日《しょうつきめいにち》で墓参りに見えられましてな。墓参りの後、彦兵衛さんは拙僧《せっそう》とお斎《とき》を戴き、酒も少々……」

住職の光慶は告げた。

「少々ですか……」

半兵衛は、光慶に笑い掛けた。

「さあて、彦兵衛さんは酒に強い方でしてな。その少々、普通の人から見れば、かなりの量かもしれませんな」

光慶は苦笑した。

「そうですか。して、彦兵衛はいつ迄、此方《こちら》に……」

「夕暮れ時ですか、不忍池《しのばずのいけ》の畔《ほとり》の越路《こしじ》と云う料理屋で人と逢うと、帰られましたが……」

光慶は告げた。

「料理屋の越路で、人と逢う……」

「左様……」

「逢う相手が誰かは……」

「さあて、そこ迄は訊いておりません」

「そうですか……」

あの日、彦兵衛は『景徳寺』の住職の光慶と酒を飲み、不忍池の畔の料理屋

『越路』で人に逢いに行った。

逢う相手は何処の誰なのか……。

半兵衛は、『景徳寺』の住職光慶に礼を述べ、入谷から不忍池に向かった。

明神下《みょうじんした》の通りは、神田川に架かっている昌平橋《しょうへいばし》から不忍池を結んでいる。

地廻り『明神一家』は明神下の通りにあり、神田明神や湯島天神《ゆしまてんじん》などの盛り場を縄張《なわば》りにしていた。

半次と音次郎は、神田明神境内《けいだい》の茶店の縁台《えんだい》に腰掛けて亭主に茶を頼み、行き交う人々を眺めた。

境内には様々な者が行き交った。

「おまちどおさま……」

亭主が茶を持って来た。

「おう。亭主、ちょいと尋ねるが、境内に明神一家の地廻りはいるかな……」

半次は、懐《ふところ》の十手を僅《わず》かに見せた。

「そうですねえ……」

亭主は、境内にいる人々を見廻した。

「ああ、あそこにいる半纏《はんてん》を着た若い小太り、明神一家の地廻りの猪助《いすけ》ですよ」

亭主は、境内をうろうろしている半纏を着た小太りの若い男を示した。

「猪助か……」

半次は、小太りの若い男を見詰めた。

「ええ……」

「よし。音次郎……」

半次は茶を飲み、音次郎を促《うなが》して茶店を出た。


「おう。猪助の兄い……」

音次郎は、地廻りの猪助に親し気に声を掛けた。

「な、何でえ、お前……」

猪助は、小太りの顔に戸惑いを浮かべた。

「良いじゃあねえか。ちょいと面《つら》を貸して貰おうか……」

音次郎は、戸惑う猪助を宝物殿《ほうもつでん》の裏に連れ込んだ。

宝物殿の裏には、半次が待っていた。

「えっ……」

猪助は怯《ひる》み、立ち止まった。

音次郎は、猪助の背を押した。

猪助は、半次の手前で懸命に止まった。

「明神一家の地廻り、猪助だな……」

半次は、十手を見せた。

「こりゃあ親分さん……」

猪助は、緊張を滲《にじ》ませた。

「ちょいと訊くが、喜助って遊び人を知っているな……」

半次は決め付けた。

「えっ……」

猪助は、躊躇《ためら》いを過《よ》ぎらせた。

「猪助、惚《とぼ》けると強請集《ゆすりたか》りの罪で此のまま大番屋《おおばんや》に叩き込んでも良いんだぜ」

半次は脅《おど》した。

「お、親分さん、そんな……」

猪助は、恐怖に声を引《ひ》き攣《つ》らせた。

「遊び人の喜助、知っているな……」

　半次は、再び尋ねた。

「へい……」

「どんな野郎だ」

「金さえ貰えば、何でもする野郎です」

「そんな野郎か……」

「へい……」

「で、今、何処にいる……」

「さあ、そこ迄は……」

　猪助は首を捻った。

「本当だな……」

　半次は、猪助を厳しく見据えた。

「へ、へい……」

「じゃあ、喜助、情婦《おんな》はいないのか……」

「湯島天神の飲み屋の女に入《い》れ揚《あ》げているって噂《うわさ》ですが、詳しくは……」

「知らないか……」

「へい……」

猪助は頷いた。

「じゃあ猪助。背の高い旅姿の中年男が喜助を捜しに来なかったかな」

「さあ、そいつは知りませんが……」

猪助は、困惑を浮かべた。

「そうか。よし、猪助。喜助が入れ揚げているって湯島天神の飲み屋の女を、ちょいと捜してくれないかな……」

半次は、猪助に笑い掛けた。


不忍池は煌《きら》めいた。

料理屋『越路』は、不忍池の畔にある古い店だった。

半兵衛は、料理屋『越路』を訪れ、女将《おかみ》に逢った。

「浜町堀の小間物屋、紅小町の旦那の彦兵衛さんですか……」

女将は眉をひそめた。

「うむ。死んだ日、入谷の景徳寺から此処に来た筈だが……」

「はい。彦兵衛さまは日が暮れた頃、お見えになりましたが……」

「うん。して、誰と逢っていたのかな……」

半兵衛は尋ねた。

「上野元黒門町《うえのもとくろもんちょう》の紅屋《べにや》って小間物屋の旦那の勘三郎《かんざぶろう》さまですよ。どうぞ……」

女将は、半兵衛に茶を淹《い》れて差し出した。

「やあ、造作を掛けるね。元黒門町の紅屋の勘三郎と逢い、酒を飲んだのかい……」

「はい。楽しそうにお酒をお飲みになりましてね。そりゃあ、賑やかでしたよ」

女将は、思い出して微笑んだ。

「そうか。彦兵衛は同業の紅屋勘三郎と落ち合って酒を楽しんだか……」

半兵衛は知った。

「はい。彦兵衛さまと勘三郎さま、若い頃は小間物の行商人をしていたそうでしてね。昔話に花を咲かせて……」

女将は笑った。

「そうか。して、彦兵衛は何刻頃迄、此処で飲んでいたのかな……」

「それは、戌《いぬ》の刻五つ（午後八時）に町駕籠《まちかご》を呼んでお帰りになりましたよ」

「紅屋の勘三郎は……」

「勘三郎の旦那は家が近いので、もう少し飲んでいきましたよ」

「そうか。で、彦兵衛を乗せた町駕籠は……」

「北大門町《きただいもんちよう》の駕籠清《かごせい》の駕籠ですが……」

半兵衛は念を押した。

「北大門町の駕籠清だね……」

「はい……」

「そうか。良く分かった……」

半兵衛は、彦兵衛の足取りを追い続ける事にした。

囲炉裏《いろり》の火は燃え、掛けられた鳥鍋は湯気を上げ始めた。

「それで、彦兵衛の旦那を乗せた駕籠清の駕籠舁《かごか》きは何て云っているんですか……」

半次は尋ねた。

「うん。彦兵衛は川風に吹かれて酔いを醒《さ》ますと、通油町《とおりあぶらちよう》で駕籠を下りて浜町堀の堀端を歩いて元浜町の紅小町に帰った……」

半兵衛は、駕籠清の駕籠舁きに聞いた事を半次と音次郎に告げた。

「で、酔いに足を取られて浜町堀に落ち、溺れ死んだってのが、南町の見方ですか……」

半次は眉をひそめた。

「ま、そんな処だな……」

半兵衛は酒を飲んだ。

「さあ、出来ましたよ……」

音次郎は、鳥鍋の肉や野菜を椀に装《よそ》って半兵衛と半次に差し出した。

「おう。美味《うま》そうに出来たね」

「はい。半兵衛旦那直伝《じきでん》の鳥鍋ですからね」

音次郎は嬉《うれ》し気《げ》に笑い、自分の椀に大盛りに装って食べ始めた。

「じゃあ、彦兵衛の旦那が酒を飲んだ相手は、景徳寺の光慶和尚《おしょう》と同業の紅屋の勘三郎旦那の二人ですか……」

半次は、鳥鍋を食べて酒を飲んだ。

「うん。ま、光慶和尚は別にして、気になるのは紅屋の勘三郎だね」

「ええ。行商をしていた頃からの同業者で長い付き合いですか……」

「ああ。古い朋輩《ほうばい》でも同業者なら商売敵《がたき》でもあるからね。きっといろいろあったと思うよ」

「ええ。ずっと仲が良かったって訳でもないでしょうね」

半次は読んだ。

「うん。紅屋勘三郎、どんな男か探ってみる必要はあるかな……」

半兵衛は、手酌で酒を飲んだ。

「ええ……」

半次は頷いた。

「して、半次。喜助の長屋に背の高い旅姿の中年男が現れたんだな」

半兵衛は眉をひそめた。

「はい。で、喜助が明神一家と拘わりがあると睨んだようですが、何者なのか……」

半次は首を捻った。

「明神一家の地廻りの猪助は知らないんだな」

「はい。ですが、猪助以外の者が知っているかもしれません」

「そうか……」

半兵衛は、厳しさを過ぎらせた。

「旦那、背の高い旅姿の中年男が何か……」

半次は、半兵衛に怪訝《けげん》な眼を向けた。

「うん。中年かどうかは分からないが、紅小町を眺めている背の高い旅姿の男、見掛けたんだよ……」

半兵衛は告げた。

「えっ……」

半次は猪口《ちょこ》を口元で止め、音次郎は箸《はし》を止めた。

「どうやら、背の高い旅姿の男、紅小町に拘わりがあるようだ」

半兵衛は読んだ。

「ええ……」

半次は眉をひそめた。

「どんな拘わりなんですかね……」

音次郎は、鳥鍋を食べ続けた。

「よし。半次と音次郎は、引き続き遊び人の喜助を追ってくれ。私は紅屋勘三郎と背の高い旅姿の中年男を調べてみるよ」

半兵衛は酒を飲み、鳥鍋を食べた。

囲炉裏の火は燃えた。

浜町堀には舟の櫓《ろ》の軋《きし》みが響き、堀端には様々な人が行き交っていた。

小間物屋『紅小町』は変わった様子もなく、周囲に背の高い旅姿の男もいない。

半兵衛は見定め、汐見橋を渡って小間物屋『紅小町』に向かった。

「邪魔するよ……」

半兵衛は、赤い暖簾を潜って店に入った。

「これは白縫さま……」

老番頭の善八は、帳場から出て来て半兵衛に挨拶《あいさつ》をした。

「やあ。善八、おふみは……」

「只今《ただいま》、お得意先さまのお屋敷に……」

「そうか、丁度良かった。善八、お前さんにちょいと訊きたい事があってね」

「手前にですか……」

善八は、戸惑いを浮かべた。

「ああ……」

半兵衛は笑い掛けた。

善八は、半兵衛を座敷に通した。

「それで、白縫さま、手前に訊きたい事とは何でございますか……」

善八は、微《かす》かな不安を過ぎらせた。

「うん。彦兵衛は上野元黒門町の小間物屋紅屋の勘三郎と、どのような間柄だったのかな」

半兵衛は、善八を見据えた。

「は、はい。紅屋の勘三郎さまは、旦那さまの古くからの同業仲間、何かと助け合って商売をして来た仲にございますが……」

善八は、硬い面持ちで告げた。

「善八、私は本当の事を訊いているんだよ」

半兵衛は苦笑した。

「し、白縫さま……」

善八は、焦りを滲ませた。

「善八、彦兵衛は死んだ夜、不忍池の畔の料理屋で勘三郎と逢っている……」

「はい……」

「そいつは、酒を飲む為だけではあるまい……」

半兵衛は読んだ。

「白縫さま……」

「本当の処を教えてくれぬか……」

「は、はい。あの夜、旦那さまは今迄に勘三郎さまに用立てたお金を返して貰いに……」

善八は告げた。

「ほう。彦兵衛は勘三郎に金を貸していたのか……」

半兵衛は眉をひそめた。

「左様にございます」

善八は頷いた。

「貸した金はどの位かな……」

「はい。随分と昔からでして、ざっと八十両程になりますか……」

「八十両……」

「はい……」

「ならばあの夜、彦兵衛は勘三郎に貸した金を取立《とりた》てに行ったのか……」

「いえ。取立てと云うより、返済をどう考えているのか見定めに行ったのです」

「返済をどう考えているのか……」

半兵衛は尋ねた。

「はい。旦那さまは、勘三郎さんが貸したお金をどのような手立てで返済するのか見定めて来ると仰って、お出掛けになったのです」

善八は告げた。

「そうだったのか……」

「はい。今となっては、どのような話になったのかは、勘三郎さまに訊くしかありませんが……」

「うむ。して、善八の睨みではどうかな……」

「手前の睨みですか……」

「うん。遠慮は無用だ」

半兵衛は笑った。

「はい。聞く処によれば、旦那さまは楽しくお酒を飲んでいたとか……」

「うん……」

「となると、貸したお金の返済については、上手《うま》く話が進んだものかと……」

善八は睨んだ。

「そうか……」

「はい……」

善八は頷いた。

小間物屋『紅小町』彦兵衛は、古くからの友である小間物屋『紅屋』勘三郎に長年に亘《わた》って金を貸し、八十両余りになり、返済の手立ての話し合いに行っていた。そして、話し合いは上首尾《じょうしゅび》に終わったと思われるが、本当の処は分からない。

半兵衛は、微かな疑念を覚えた。

「処で善八。背の高い旅姿の男に心当たりはないかな……」

半兵衛は、善八を見詰めた。

「背の高い旅姿の男にございますか……」

善八は困惑した。

「うむ……」

「白縫さま、その背の高い旅姿の男、どのような……」

「そいつが良く分からないのだが、中年男のようだから、年の頃は三十半ば位かな……」

「三十半ばにございますか……」

善八は、微かな狼狽《ろうばい》を過ぎらせた。

「うん。心当たりがあるようだね」

半兵衛は睨んだ。

「白縫さま、実は彦兵衛の旦那さまには、跡取りの倅《せがれ》がいたのです」

「跡取りの倅……」

半兵衛は、善八の思わぬ言葉に戸惑った。

「はい。ですが旦那さま、二十年前に勘当《かんどう》されましてね……」

「二十年前に勘当……」

「はい。その勘当した倅、当時は十六歳でしたから、今では三十六歳。ひょろっと背の高い子でした」

「名前は……」

「文七《ぶんしち》さんです」

「文七を勘当した理由は……」

「実の母親が病で亡くなり、後添《のちぞ》えのお内儀さんと上手くいかなく、悪い仲間と連《つる》んで賭場《とば》に出入りし、お店のお金も持ち出すようになりましてね……」

善八は、二十年前も昔の事を思い出したのか、深々と吐息を洩らした。

「で、彦兵衛は勘当したか……」

「はい、博奕《ばくち》打ちがお店に取立てに来るようになり……」

「博奕で借金を作ったのか……」

「はい。若い女客が主なお店。博奕打ちたちに出入りされたら商売になりません。それで、旦那さまが怒り……」

善八は、哀し気に告げた。

「勘当したか……」

半兵衛は、彦兵衛に文七と云う勘当した倅がいる事を知った。

「はい、それから二十年。背の高い旅姿の男、ひょっとしたら文七さんかもしれません……」

「うん……」

「おふみさんはその頃、未だ三歳。兄の文七さんの顔は勿論《もちろん》、いる事だって覚えちゃあいないと思います」

「そうか……」

小間物屋『紅小町』を窺《うかが》い、遊び人の喜助の住む長屋に現れた背の高い旅姿の男は、彦兵衛が二十年前に勘当した倅の文七なのだ。

半兵衛は睨んだ。

三

地廻り『明神一家』は、明神下の通りにあった。

音次郎は、店先の掃除をしていた三下《さんした》に駆け寄った。

「おう。猪助の兄いはいるかい……」

音次郎は、三下に笑顔で訊いた。

「は、はい……」

三下は、音次郎の笑顔に頷いた。

「じゃあ、済まねえが、ちょいと呼んでくれねえか。その間、掃除は引き受けるぜ」

音次郎は、三下から箒《ほうき》を取った。

「じゃあ……」

三下は、『明神一家』の店に入って行った。

音次郎は、鼻歌混じりに掃除をした。

僅かな刻が過ぎ、猪助が三下と店から出て来た。

「おう。猪助の兄い……」

音次郎は笑い掛けた。

「あっ……」

猪助は、僅かに怯んだ。

「迎えに来たぜ。邪魔したな」

音次郎は三下に声を掛け、猪助の肩に親し気に手を廻して一方に誘った。


神田明神の参道にある茶店の奥では、半次が茶を啜っていた。

「親分……」

音次郎が、猪助を連れて来た。

「おう。わざわざ済まないな、猪助……」

半次は笑い掛けた。

「いいえ……」

猪助は、諦《あきら》めたように苦笑した。

「それで、喜助の野郎、何処にいるか分かったかな……」

「いいえ。一家の連中に訊いたんですが、知っている奴はいませんでした」

「そうか。じゃあ、喜助が入れ揚げている飲み屋の女、何処の誰か分かったかい」

「へい、湯島天神は門前町の盛り場の外れにあるお多福《たふく》って飲み屋のおきちって女将でしたよ」

猪助は告げた。

「湯島天神はお多福のおきちか……」

半次は、念を押した。

「へい……」

猪助は頷いた。

「そうか。助かったぜ、猪助……」

半次は、猪助に笑い掛けた。

湯島天神門前町の外れにある飲み屋『お多福』の女将おきち……。

半次と音次郎は、神田明神から湯島天神に急いだ。

湯島天神は賑わっていた。

半次と音次郎は、湯島天神門前町の盛り場に飲み屋『お多福』を探した。

盛り場に連なる飲み屋は、既に開店の仕度を始めている店もあった。

半次と音次郎は、盛り場の外れに飲み屋の『お多福』を見付けた。

「あそこですね……」

音次郎は、腰高障子を閉めたままの小さな飲み屋を指差した。

小さな飲み屋は、腰高障子の脇に『お多福』と書かれた軒行燈《のきあんどん》を掲げていた。

「ああ……」

飲み屋『お多福』は、未だ開店の仕度を始めていなかった。

「未だ寝ているんですかね……」

「うん。ちょいと戸を叩いてみな」

「はい……」

音次郎は、腰高障子を叩いて店の中に声を掛けた。

「おきちさん、いるかい、おきちさん……」

「はい……」

店の中から女の返事があった。

「おきちさん、いるのかい……」

「どちらさまですか……」

「本湊の半次って者だが、ちょいと戸を開けてくれないか……」

半次は呼び掛けた。

「はい。ちょいとお待ちを……」

店の中で人の動く気配がし、心張棒《しんばりぼう》を外して腰高障子を開け、年増《としま》が顔を見せた。

「やあ、あっしは本湊の半次、こっちは音次郎。女将のおきちさんだね」

半次は、懐の十手を見せた。

「は、はい……」

おきちは、戸惑いを浮かべた。

「遊び人の喜助の事でちょいと訊きたいんだがね……」

「えっ。喜助さんですか……」

おきちは眉をひそめた。

「うん……」

「未だ掃除の前ですが、どうぞ……」

おきちは、半次と音次郎を店に招き入れた。


「邪魔するよ……」

半次と音次郎は店に入った。

店の中には、酒の匂いが漂っていた。

「喜助さん、どうかしたんですか……」

おきちは、半次に怪訝な眼を向けた。

「喜助、いないのかな……」

半次は、二階を見上げた。

「いませんよ。喜助さんなんか……」

おきちは苦笑した。

「そうかい……」

どうやら、おきちは遊び人の喜助を相手にしていないようだった。

「ま、馴染《なじみ》ってのはありがたいんですが、自分の店のような顔をされちゃあ、迷惑なんですよね」

おきちは、喜助を相手にしない処《どころ》か嫌っていた。

「成る程、そう云う訳ですかい……」

半次は苦笑した。

「ええ……」

「で、女将さん。喜助、昨夜は来なかったですか……」

音次郎は尋ねた。

「来ましたよ。店を開けると直《す》ぐに……」

おきちは、うんざりした面持ちで告げた。

「で、ずっといたのかい……」

「暇《ひま》な時は店の隅にずっといるんですが、昨夜は早々に出て行きましてね。お陰で助かりましたよ」

「早々に出て行った……」

半次は眉をひそめた。

「ええ。初めて来たお客さんと一緒に……」

「初めて来た客……」

「ええ。博奕の話で盛り上がっていましてね。賭場にでも行ったんじゃあないですか……」

「賭場ですか……」

「ええ……」

「何処の賭場か分かりますか……」

音次郎は尋ねた。

「きっと、谷中《やなか》の賭場だと思いますよ」

「谷中ですか……」

「ええ。谷中八軒《はちけん》一家《いっか》の清六《せいろく》って博奕打ちと連んでいた事がありましたから……」

おきちは眉をひそめた。

「おきちさん、喜助と一緒に出て行った初めての客ってのは、どんな奴かな」

半次は訊いた。

「どんなって、三十過ぎの背の高い人でしたよ……」

おきちは、辺りの片付けを始めた。

「背の高い人……」

半次は眉をひそめた。

「親分……」

音次郎は緊張した。

「ああ。おそらく背の高い旅姿の中年男だ」

半次は読んだ。

「ええ……」

音次郎は頷いた。

「おきちさん、邪魔をしたね」

半次は、おきちに礼を云って飲み屋『お多福』を出た。

音次郎は続いた。

下谷広小路《したやひろこうじ》は、東叡山寛永寺《とうえいざんかんえいじ》や不忍池弁財天《べんざいてん》の参拝客《さんぱいきゃく》で賑わっていた。

上野元黒門町は下谷広小路に面し、連なる店の中に小間物屋『紅屋』はあった。

半兵衛は、小間物屋『紅屋』を眺めた。

小間物屋『紅屋』は、紅白粉や簪などの小間物の他に寛永寺や弁財天の参拝土産《みやげ》も売っていた。

半兵衛は苦笑し、上野元黒門町の木戸番を訪れた。

「どうぞ……」

老木戸番は、縁台に腰掛けた半兵衛に茶を差し出した。

「造作を掛けるね。戴くよ」

半兵衛は、礼を云って茶を啜った。

「処で父っつあん、小間物屋の紅屋は繁盛しているのかな……」

「さあて、参拝土産なんかも売っているぐらいですから、どうなんですかね……」

老木戸番は苦笑した。

「本業が忙《いそが》しければ、参拝土産など売らないか……」

半兵衛は、老木戸番の苦笑を読んだ。

「まあ、そんな処ですか……」

「ならば、旦那の勘三郎はどんな人柄なのかな……」

半兵衛は、茶を啜りながら尋ねた。

「ま、商売上手の遣《や》り手《て》で、奉公人にも厳しいって評判ですよ」

「商売上手の遣り手ねえ……」

半兵衛は苦笑した。


小間物屋『紅屋』の座敷は、下谷広小路の傍《そば》とは思えぬ程の静けさだった。

「小間物屋紅屋の主の勘三郎にございます」

勘三郎は、肥《ふと》った身体を苦し気に折り曲げて挨拶をした。

「私は北町奉行所の白縫半兵衛。急に訪れて済まないね」

「いいえ。して、御用とは紅小町の彦兵衛さんの事ですか……」

勘三郎は、半兵衛に探る眼差しを向けた。

「うむ。彦兵衛が死んだ夜、不忍池の料理屋越路で一緒に酒を飲んだそうだね」

半兵衛は告げた。

「はい、左様にございます」

勘三郎は、喉《のど》を鳴らして頷いた。

「で、彦兵衛とは酒を飲んだだけなのかな」

半兵衛は尋ねた。

「いいえ……」

勘三郎は、半兵衛を見詰めた。

「違うのか……」

「はい……」

勘三郎は、肉に埋もれた首で頷いた。

「ならば、聞かせて貰おうか……」

半兵衛は促した。

「はい。お恥ずかしい話ですが、手前は彦兵衛さんに長年に亘って金を借りておりまして、そいつが積もり積もって八十両余り……」

勘三郎は、借金を隠そうとはしなかった。

「ほう。彦兵衛に借金があるのか……」

「はい。で、その返済についての相談をしたのでございます」

勘三郎は、額《ひたい》に汗を滲ませた。

「返済の相談か……」

「はい……」

「で、相談の首尾は……」

「はい。後五年、返済を待って貰える事になりました」

勘三郎は告げた。

「ほう。返済、後五年、待って貰う事になったのか……」

半兵衛は眉をひそめた。

「はい……」

「そいつは上首尾だ……」

半兵衛は笑った。

「お蔭さまで助かりました」

勘三郎は、額に滲んだ汗を拭った。

彦兵衛は、勘三郎の八十両余りの借金の返済を五年後に延ばしたのだ。

そいつが本当なのかどうかは、彦兵衛が死んだ今、分かりはしない。

半兵衛は読んだ。

何《いず》れにせよ、勘三郎は八十両余りの借金があるのを隠さなかった。

それは、己に疚《やま》しい事はないと云う表れなのか、それとも疑われる事に対する先手を打ったのか……。

何れにしろ、一筋縄ではいかないようだ。

半兵衛は苦笑した。

谷中は東叡山寛永寺の北側にあり、天王寺《てんのうじ》を始めとして多くの寺があった。

寺の中には、博奕打ちの貸元《かしもと》に座敷や家作《かさく》を賭場に貸し、寺銭《てらせん》を稼いでいる処があった。

半次と音次郎は、谷中の少ない町方の地である谷中八軒町に来た。

遊び人の喜助と親しい清六は、谷中の長五郎《ちょうごろう》が貸元の一家の博奕打ちだった。

半次と音次郎は、貸元谷中の長五郎の『八軒一家』を訪れ、博奕打ちの清六がいるかどうか尋ねた。

博奕打ちの清六は、『八軒一家』から軽い足取りで出て来た。

「おう、お前さんが清六かい……」

半次は、懐の十手を見せた。

「こりゃあ、親分さん……」

清六は、腰を屈《かが》めて作り笑いを浮かべた。

「ちょいと訊きたいのだが、昨夜、遊び人の喜助、賭場に来なかったかい」

半次は訊いた。

「遊び人の喜助……」

「ああ……」

「いいえ。来ませんでしたよ」

清六は、戸惑いを滲ませた。

「来なかった……」

「はい……」

清六は、半次を見詰めた。

「間違いないかい……」

半次は念を押した。

「はい。そりゃあもう……」

清六は、半次を見詰めたまま頷いた。

嘘偽《うそいつわ》りはない……。

半次は睨んだ。

「親分さん、喜助の野郎がどうかしたんですかい」

清六は、探りを入れた。

「昨夜、背の高い男と賭場に行ったと聞いて、捜しているんだが……」

半次ははぐらかした。

「そうですか。じゃあ、喜助の野郎、他の賭場に行ったのかもしれませんね」

「谷中の賭場、他には何処にあるんだい……」

半次は、谷中の他の賭場に遊び人の喜助を捜す事にした。


「して、谷中の他の賭場にも喜助は現れちゃあいないのか……」

半兵衛は眉をひそめた。

「はい、一緒に出て行った背の高い野郎も……」

半次は、苛立《いらだ》たし気に告げた。

「そうか……」

「で、今、音次郎が下谷から根津《ねづ》の賭場に聞き込みを掛けています」

「半次、背の高い中年男だがね。どうやら、彦兵衛の倅の文七らしいよ」

半兵衛は教えた。

「彦兵衛さんの倅……」

半次は驚いた。

「うん。二十年前、悪い仲間と連んで遊び廻り、勘当された文七って倅だ」

「じゃあ、倅の文七が遊び人の喜助を捜し、見付け出して何処かに連れ去った……」

半次は読んだ。

「そう云う事になるな……」

半兵衛は頷いた。

「旦那。文七、彦兵衛さんが誤って浜町堀に落ちたとは思っていなく、殺されたと……」

半次は眉をひそめた。

「で、偶々見たと証言した喜助を捕まえ、締め上げるか……」

半兵衛は読んだ。

「はい。違いますかね……」

「いや。きっとその辺りだろう。半次、文七と喜助を捜してくれ。私は上野元黒門町の小間物屋紅屋の勘三郎を見張る」

「紅屋の勘三郎、何かありますか……」

「うん。長年に亘って彦兵衛に金を借りていてね……」

「彦兵衛さんに金を……」

「うん。ま、返済については話が着いているそうだが……」

「いろいろありそうですか……」

「うん。もし、彦兵衛の死に拘わりがあるのなら、倅の文七、勘三郎の処に現れるかもしれないな……」

半兵衛は、小さな笑みを浮かべた。


下谷、千駄木《せんだぎ》、浅草《あさくさ》……。

半次と音次郎は、賭場を廻って喜助と文七の足取りを探し続けた。

だが、喜助と文七の足取りは、杳《よう》として知れなかった。


上野元黒門町の小間物屋『紅屋』には客が出入りし、背の高い文七らしい男や喜助らしき者は現れなかった。

半兵衛は、斜向《はすむ》かいの物陰から見張った。

しゃぼん玉が七色に輝き、微風に吹かれて飛んで行った。

「うん……」

半兵衛は、しゃぼん玉の飛んで来る方を眺めた。

しゃぼん玉売りの由松《よしまつ》が辻に佇み、口上《こうじょう》を述べながらしゃぼん玉を売っていた。

よし……。

半兵衛は、由松に近付いた。

「しゃぼん玉、全部貰おうか……」

半兵衛は、由松に背後から声を掛けた。

「えっ……」

由松は驚き、振り返った。

「やあ……」

半兵衛は笑い掛けた。

「こいつは半兵衛の旦那……」

由松は苦笑した。

「しゃぼん玉の残り、全部買うからちょいと手伝って貰えないかな」

由松は、しゃぼん玉売りが稼業だが、岡っ引の柳橋《やなぎばし》の弥平次《やへいじ》の手先を務めている。

「そいつはありがたい。喜んで……」

由松は、嬉し気に笑った。

半兵衛は、しゃぼん玉の残りを一朱で買い取り、蕎麦屋の二階の座敷を借り、由松と斜向かいの小間物屋『紅屋』を見張った。そして、事の次第を由松に説明した。

「ああ。浜町堀の紅小町の旦那の件ですか……」

由松は知っていた。

「うむ。南町の同心は誰だったんだい」

「臨時廻りの山崎《やまざき》一学《いちがく》の旦那ですよ……」

「ああ。山崎さんか……」

「はい。南町奉行所最古参の同心の旦那ですから、いろいろ面倒だそうですよ」

由松は苦笑した。

「ま、その内、秋山《あきやま》さまが引導を渡すだろう」

半兵衛は苦笑した。

「ええ。半兵衛の旦那……」

「どうした……」

「紅屋の小僧が町駕籠を呼んで来ましたよ」

由松は、窓から斜向かいの小間物屋『紅屋』を見ながら報《しら》せた。

「勘三郎、出掛けるようだな……」

半兵衛は読んだ。

四

夕陽は不忍池に映えた。

小間物屋『紅屋』の勘三郎を乗せた町駕籠は、夕陽に煌めく不忍池の畔を進んだ。

半兵衛と由松は追った。

勘三郎を乗せた町駕籠は、不忍池の畔を進んで西側に廻った。

不忍池の西側には、大名屋敷と寺が甍《いらか》を連ね、町方の地は僅かだった。

勘三郎を乗せた町駕籠は、その僅かな町方の地にある板塀を廻した家の前に停まった。

半兵衛と由松は、物陰から見届けた。

勘三郎は、町駕籠から下りて板塀の廻された家に入って行った。

町駕籠は、不忍池の畔を戻って行った。

「板塀を廻した仕舞屋《しもたや》。情婦《おんな》ですかね……」

由松は、勘三郎の入った家を眺めて読んだ。

「うむ。そんな処かな……」

半兵衛は頷いた。

「ちょいと、どんな家か訊いて来ますか……」

「頼む……」

「じゃあ……」

由松は、半兵衛を残して聞き込みに走った。

半兵衛は、板塀の廻された家を眺めた。

借金を抱えながら妾《めかけ》を囲うか……。

半兵衛は苦笑した。


根津から谷中……。

半次と音次郎は、粘り強く喜助と文七を捜し続けた。

根津権現の境内は、夕暮れ時の静けさに覆《おお》われていた。

半次は、境内の隅の茶店で茶を啜り、一息ついていた。

「親分……」

音次郎が駆け寄って来た。

「何か分かったかい……」

「ええ。喜助と文七らしい奴ら、漸《ようや》く浮かびましたよ」

音次郎は、息を弾ませた。

「何処だ……」

「根津から千駄木に抜ける通りを行く喜助と背の高い男を、賭場帰りの遊び人が見掛けていましたよ」

音次郎は、茶店の老婆に水を貰い、喉を潤《うるお》して飲んだ。

「根津から千駄木か……」

「はい。千駄木は団子坂《だんござか》に賭場があります」

音次郎は、濡れた口元を拭《ぬぐ》った。

「いや。背の高い奴が彦兵衛の倅の文七なら賭場には行かないだろうな」

半次は眉をひそめた。

「じゃあ……」

「何処かに連れ込んで、偶々見た彦兵衛さんの浜町堀転落を詳しく問《と》い質《ただ》している筈だ」

半次は読んだ。

「でしたら、人目に付かない空き家かなんかですかね」

「きっとな……」

半次は頷いた。

根津権現に大禍時《おおまがとき》が訪れた。


不忍池に月影が揺れ、板塀を廻した家には明かりが灯された。

「やはり、妾の家か……」

半兵衛は、明かりの灯された家を眺めた。

「はい、おつやって年増だそうですぜ」

由松は頷いた。

「借金の返済期限を延ばして貰い、妾を囲うか……」

半兵衛は苦笑した。

「余り信用出来る奴じゃあなさそうですね」

由松は睨んだ。

「うむ。どうやらそのようだ……」

半兵衛は頷いた。

不忍池に魚が跳ねたのか、波紋が月明かりに煌めきながら広がっていた。


文七は、父親彦兵衛の死の真相を突き止めようとしている。

半兵衛は文七の腹の内を読み、半次と音次郎に見付けても捕らえず、秘かに見張るように命じた。

「承知しました。それにしても旦那、文七は彦兵衛さんの死の真相を突き止めてどうするんですかね」

半次は眉をひそめた。

「町奉行所に報せるか、それとも己で始末をするか……」

半兵衛は苦笑した。

半兵衛は、岡っ引の柳橋の弥平次に挨拶をし、由松を助っ人に借りた。

柳橋の弥平次は了解し、やはり手先の勇次《ゆうじ》も助っ人に寄越《よこ》してくれた。

由松と勇次は、蕎麦屋の二階から斜向かいの小間物屋『紅屋』を見張った。

「やあ、由松、勇次、造作を掛けるね」

半兵衛は労《ねぎら》った。

「いえ。浜町堀の一件は親分も気になっていたそうでして、充分にお手伝いをしなと……」

由松は告げた。

「そうか、そいつは助かる……」

半兵衛は、小間物屋『紅屋』勘三郎の動きと、遊び人の喜助と背の高い文七が現れるのを見張った。


千駄木団子坂は、谷中天王寺から小石川白山権現《こいしかわはくさんごんげん》を結ぶ道にあり、周囲には武家屋敷と寺が多かった。

半次と音次郎は、団子坂に佇んで辺りを見廻した。

「賭場は潰れた曖昧宿《あいまいやど》だったな……」

「ええ。夜逃げに逃散《ちょうさん》、空き家は店だけじゃあなく、百姓家もありますよ」

音次郎は、武家屋敷の背後に広がる緑の田畑を眩《まぶ》し気《げ》に眺めた。

「うん。人を責めるなら、田畑の中の百姓家だな……」

半次は読んだ。

「ええ。隣の家の遠い百姓家なら悲鳴も聞こえませんからね」

音次郎は頷いた。

「よし。百姓家の空き家を探してみるか……」

半次は告げた。


小間物屋『紅屋』の勘三郎は出掛けず、文七や喜助らしい男も現れなかった。

半兵衛は、由松や勇次と見張り続けた。


千駄木の田畑には、空き家になった百姓家が何軒かあった。

半次と音次郎は、軒《のき》の崩れた百姓家に踏み込んだ。

床板は甲高《かんだか》く軋んだ。

百姓家の中は、黴臭《かびくさ》さに混じって血と糞尿の臭いがしていた。

「親分……」

音次郎は眉をひそめた。

「うん……」

半次は、床板の抜けた家の奥に進んだ。

奥の部屋の物陰には、手足を縛られた男が血に塗《まみ》れ、糞尿を垂れ流して倒れていた。

「音次郎……」

半次と音次郎は駆け寄った。

血塗れの男は、朦朧《もうろう》とした意識で苦し気な息をしていた。

「おい。しっかりしろ……」

半次は、血塗れの男を揺り動かした。

「た、助けて……」

血塗れの男は、微かに告げた。

「お前は喜助か……」

半次は、血塗れの男が背が高くないのを見定めて訊いた。

「ああ……」

血塗れの男は、微かに呻《うめ》いた。

遊び人の喜助……。

半次と音次郎は、漸く遊び人の喜助を見付けた。

「やったのは文七か……」

「ああ……」

喜助は、苦し気に頷いた。

「で、文七はどうした……」

半次は訊いた。

「べ、紅屋の旦那の処に……」

「紅屋の旦那……」

「た、助けて……」

喜助は、苦しく息を鳴らして気を失った。

「親分……」

「音次郎、医者に運ぶぜ」

半次と音次郎は、気を失った喜助を潰れ掛けた百姓家から運び出した。

「それで、喜助は……」

半兵衛は眉をひそめた。

「かなり痛め付けられていますが、命は助かるそうです」

半次は、喜助を医者に担ぎ込み、音次郎を残して半兵衛の許に駆け付けて来た。

「そうか……」

半兵衛は、微かな安堵《あんど》を過ぎらせた。

「して、文七は紅屋の勘三郎を狙っているんだな」

半兵衛は尋ねた。

「はい。喜助の野郎、文七に痛め付けられて勘三郎に金で雇われ、彦兵衛さんを浜町堀に突き落としたと白状させられた……」

半次は告げた。

「やはり、そんな処か……」

半兵衛は頷いた。

「はい……」

「で、文七、紅屋勘三郎を父親彦兵衛の仇と狙っているか……」

半兵衛は知った。

「はい……」

半次は頷いた。

「じゃあ、半兵衛の旦那、文七が現れたら直ぐにお縄に……」

由松は、半兵衛の出方を窺った。

「いや。暫《しばら》く様子を見てからだ……」

半兵衛は笑みを浮かべた。

「半兵衛の旦那……」

窓辺にいた勇次は、小間物屋『紅屋』を見ながら半兵衛に声を掛けた。

「どうした、勇次……」

「小僧が町駕籠を呼んで来ました」

勇次は告げた。

「町駕籠……」

「旦那……」

由松は、嘲《あざけ》りを浮かべた。

「ああ。今夜も妾の処かな……」

半兵衛は苦笑した。

不忍池に夕暮れが訪れた。

小間物屋『紅屋』の主勘三郎は、町駕籠に乗って不忍池の畔を西側に進んだ。

半兵衛と勇次は、勘三郎の乗った町駕籠を追った。

「行き先は妾の家ですか……」

勇次は、半兵衛に尋ねた。

「うん。此の道筋なら間違いあるまい……」

半兵衛は頷き、勘三郎の乗った町駕籠を追った。


不忍池の西側の畔、板塀を廻した家の前に町駕籠は停まり、勘三郎は下りて中に入って行った。

そこは、勘三郎の妾おつやの家だった。

由松と半次は、物陰から見届けた。

「どうだ……」

半兵衛と勇次がやって来た。

「おつやの家の周囲に文七らしい奴はいませんでした……」

由松と半次は、妾のおつやの家に先廻りをして周囲に文七が潜んでいないか調べた。

おつやの家の周囲に文七らしい男はいなかった。

「そうか。だが、私の読みでは、文七は必ず此処にやって来る……」

半兵衛は笑った。

「分かりました。じゃあ、あっしと由松は裏を見張ります。旦那は勇次と表を……」

「うん……」

「勇次、頼んだぞ……」

「承知……」

勇次は頷いた。

「じゃあ……」

「半次、由松。文七をお縄にするのは、何をするか見届けてからだ。いいな」

半兵衛は命じた。

「心得ました」

半次と由松は、妾のおつやの家の裏手に廻って行った。

半兵衛と勇次は見送り、木陰に入って妾のおつやの家を見張った。

おつやの家に明かりが灯され、不忍池は夕暮れに覆われた。

不忍池に月影が揺れた。

半兵衛と勇次は、畔の木陰からおつやの家を見張り続けた。

勘三郎が帰る気配はなかった。

刻は過ぎた。

「半兵衛の旦那……」

勇次が暗い夜道を示した。

暗い夜道を男がやって来た。

半兵衛と勇次は、暗い夜道に目を凝《こ》らした。

「背の高い男ですね」

勇次は見定めた。

「うん。おそらく文七だ……」

半兵衛は、小間物屋『紅小町』の前から立ち去った背の高い旅姿の男の足取りを思い出した。

「はい……」

勇次は、緊張に喉を鳴らして頷いた。

半兵衛は見守った。

やって来た背の高い男は、妾のおつやの家の木戸門の前に立ち止まった。そして、辺りを窺い、人気《ひとけ》のないのを見定めて板塀の木戸門を抉《こ》じ開《あ》けて中に入った。

「半兵衛の旦那……」

「うん、文七だ。行くよ……」

半兵衛は、板塀の木戸門に走った。

勇次は続いた。

半兵衛は、おつやの家を窺った。

文七は、勝手口に廻って行った。

「勇次、半次と由松に報せろ」

「合点《がってん》です」

勇次はおつやの家の裏手に走った。

文七は、既に勝手口からおつやの家に忍び込んだようだ。

半兵衛は、勝手口に急いだ。

行燈の火は、小間物屋『紅屋』勘三郎の肉付きの良い顔に浮かんだ汗に映えた。

勘三郎は、半裸姿で酒を飲んでいた。

妾のおつやは、襦袢《じゆばん》姿で勘三郎に酌をしていた。

「で、昼間、喜助が訪ねて来ちゃあいないんだな……」

勘三郎は、おつやに訊いた。

「ええ。来ませんでしたよ」

「そうか。何かあれば、店じゃあなく此処に報せろと云ってあるんだが……」

勘三郎は、暫く連絡のない喜助に不審を覚えていた。

「そうなんですか……」

おつやは、勘三郎に酌をした。

「ああ、喜助の奴、何をしているんだか……」

勘三郎は酒を飲んだ。

「喜助なら何もかも吐いたぜ……」

背の高い文七が現れた。

「旦那……」

おつやが短い悲鳴を上げ、勘三郎の肥った身体に隠れた。

「な、何だ、お前は……」

勘三郎は、恐怖に嗄《しやが》れ声を震わせた。

「そんな事より、紅屋勘三郎。手前、小間物屋紅小町の彦兵衛に酒を飲ませて酔わせ、遊び人の喜助に浜町堀に突き落とさせたな……」

文七は、勘三郎を見据えた。

「知らぬ。儂《わし》は何も知らぬ……」

勘三郎は震えた。

「惚《とぼ》けるんじゃねえ。喜助が何もかも白状したんだ……」

「そ、そんな……」

「勘三郎、何故だ。何故、長い間、金を用立ててくれていた彦兵衛を殺したんだ」

文七は迫った。

「し、知らん……」

「惚けるな……」

文七は、勘三郎の頬《ほお》を張り飛ばした。

勘三郎は、惨《みじ》めな声を上げて倒れ、肥った五体を激しく揺らした。

「勘三郎、何故、彦兵衛を殺した……」

文七は、匕首《あいくち》を抜いて勘三郎に突き付けた。

「借金を返したくなかった……」

勘三郎は、喉に突き付けられた匕首に震え、声を引き攣らせた。

「借金を返したくなかっただと……」

「ああ。それに商売も上手く行き、酒も強く、飲めば飲む程、善人ぶった説教をして……」

「だから、喜助に殺させたのか……」

「ああ。鼻持ちならない、好い加減に飽き飽きしてたんだよ。いろいろ目障《めざわ》りになったんだ」

勘三郎は開き直り、吐《は》き棄《す》てた。

「そうかい。じゃあ勘三郎、お父っつあんの恨み、晴らすよ……」

文七は、冷たく笑い掛けた。

「お、お父っつあんの恨みって。じゃあお前、大昔に勘当された倅の文七……」

勘三郎は驚き、怯んだ。

「ああ、そうだ。倅の文七だ。勘三郎、死んで貰うぜ」

文七は、匕首を翳《かざ》した。

「良く分かった、文七。そこ迄だ……」

半兵衛が勇次を従え、廊下から現れた。

文七は、半兵衛に対して身構えた。

次の瞬間、縁側から半次と由松が現れ、勘三郎とおつやを庇《かば》って立った。

文七は焦り、匕首で半兵衛に突き掛かった。

半兵衛は躱《かわ》し、文七の匕首を叩き落とした。

文七は怯んだ。

「文七、お前の父親彦兵衛は勘三郎に命じられた遊び人の喜助に浜町堀に突き落とされて溺れ死にした。そいつは良く分かった」

「お役人……」

文七は、戸惑いを浮かべた。

「幸いな事にお前に痛め付けられた遊び人の喜助、命は助かるそうだ。そして、彦兵衛を殺せと命じた勘三郎は、私たちがお縄にして裁きを受けさせる。それで良いじゃないか」

半兵衛は笑い掛けた。

「お役人……」

文七は、緊張の糸が切れたように両膝を突いて項垂《うなだ》れた。

「半次、由松、小間物屋紅屋勘三郎を大番屋に引き立てな」

半兵衛は命じた。

「承知……」

半次と由松は、勘三郎に捕《と》り縄《なわ》を打って引き立てた。

「さあ、文七。お前も大番屋に来て貰う。勇次……」

「はい……」

勇次は、文七に捕り縄を打った。

文七は、神妙にお縄を受けた。

「安心しな、文七。勘三郎と喜助はおそらく死罪だ……」

「旦那……」

文七は微笑んだ。

「勇次、引き立てな……」

「はい……」

勇次は、文七を引き立てた。

半兵衛は続いた。


小間物屋『紅小町』主の彦兵衛は、酔って浜町堀に落ちたのではなく、遊び人の喜助に突き落とされて溺れ死にした。そして、喜助に殺せと命じたのは、小間物屋『紅屋』勘三郎だった。

北町奉行所吟味方与力《ぎんみかたよりき》の大久保忠左衛門《おおくぼちゅうざえもん》は、勘三郎と怪我の治った喜助を死罪に処した。

半兵衛は、出来るだけ文七を表に出さずに一件を始末した。


浜町堀に猪牙舟《ちょきぶね》が行き交った。

汐見橋の向こうに見える小間物屋『紅小町』では、おふみと奉公人たちが開店の仕度に忙しかった。

「おふみ……」

旅姿の文七は、半兵衛、半次、音次郎と汐見橋の袂に佇み、忙しく働くおふみを眺めた。

「ああ。人柄と腕の良い錺職と所帯《しょたい》を持ち、善八と一生懸命に紅小町を盛り立てている」

半兵衛は告げた。

「そうですか……」

文七は、微笑み頷いた。

「紅小町に戻る気はないのか……」

「はい。勘当されて二十年、あっしにもいろいろあります。迷惑を掛けるだけですよ」

文七は苦笑した。

「そうか……」

「白縫の旦那、忝《かたじけの》うございました。では……」

文七は、半兵衛、半次、音次郎に深々と頭を下げて足早に立ち去った。

「良いんですか、旦那。おふみさんに報せなくても……」

「ああ。世の中には私たち町奉行所の者が知らん顔をした方が良い事もあるさ……」

半兵衛は微笑んだ。

浜町堀は憎しみや悲しみ、優しさを飲み込んで緩やかに流れていた。

第二話　強請屋

一

月番の北町奉行所の表門は八文字《はちもんじ》に開けられ、様々な人が出入りをしていた。

吟味方与力の大久保忠左衛門は、下男を従えて出仕《しゅっし》してきた。

忠左衛門は、表門脇に佇《たたず》んで出入りする同心に誰かを捜している緑色の羽織《はおり》を着た小柄な年寄りに気が付いた。

うん、どうした……。

忠左衛門は、細い筋張《すじば》った首を伸ばし、小柄な年寄りに近付いた。

「その方、誰かを捜しているのか……」

忠左衛門は、細い筋張った首を震わせた。

「えっ。は、はい。左様《さよう》にございます」

小柄な年寄りは、背後から不意に声を掛けられて驚き、狼狽《うろた》えた。

盗人《ぬすっと》の隙間風《すきまかぜ》の五郎八《ごろはち》だった。

「誰だ。誰を捜しているのだ」

忠左衛門は、重ねて尋ねた。

「はい。あの……」

五郎八は、躊躇《ためら》い迷った。

「遠慮致すな。申せ、誰だ……」

「は、はい。白縫半兵衛の旦那を……」

五郎八は、思い切ったように告げた。

「おお、半兵衛の知り合いか……」

忠左衛門は、細い筋張った首を伸ばして笑った。

「は、はい。以前、お世話になりまして……」

五郎八は、控え目に告げた。

「そうか。して、今朝は半兵衛に用があって参ったか……」

「は、はい……」

「そうか。私は大久保忠左衛門。その方、名は何と申す」

「はい。五郎八と申します」

「そうか、五郎八か……」

「はい……」

「よし、五郎八。中で待つが良い。一緒に参れ……」

忠左衛門は笑い掛けた。

「えっ……」

五郎八は戸惑った。

「良いから、参れ」

「いえ。その……」

五郎八は迷った。

「遠慮致すな、五郎八。その方、町奉行所に入れぬような疚《やま》しい事があるのか……」

忠左衛門は、細い筋張った首を伸ばした。

「滅相《めつそう》もございません。参ります」

五郎八は、捕り縄を打たれた盗人のように項垂《うなだ》れ、忠左衛門に続いて表門を潜った。

「おはよう……」

臨時廻り同心の白縫半兵衛は、半次と音次郎を表門の腰掛に待たせ、当番同心に顔を見せに同心詰所《どうしんつめしょ》に入って来た。

「あっ。半兵衛さん、大久保さまがお待ち兼ねです。伝えましたよ」

当番同心は、素早く伝えて安堵《あんど》を浮かべた。

「う、うん。大久保さまか……」

半兵衛は、気乗りのしない顔で吐息を洩らした。

「ええ。半兵衛さんの知り合いが来ていると、仰《おっしゃ》っていましたよ」

「私の知り合い……」

半兵衛は眉をひそめた。


知り合いとは誰だ……。

半兵衛は、様々な者の顔を思い浮かべながら忠左衛門の用部屋に向かった。

忠左衛門の用部屋から、聞き覚えのある声がした。

えっ……。

半兵衛は戸惑った。

「それで大久保さま、手前は拙《まず》いと思い、その場を離れましてね……」

あの声は、盗人の隙間風の五郎八……。

半兵衛は、声の主に気が付いた。


「うん。それで、どうした……」

忠左衛門は、細い筋張った首を伸ばした。

「はい。早々に逃げ出しましてございます」

「そいつは何より……」

忠左衛門と五郎八は、声を揃《そろ》えて笑った。

「大久保さま……」

半兵衛がやって来た。

「おう、来たか、半兵衛。五郎八が待ち兼ねているぞ」

「お久し振りです。半兵衛の旦那……」

五郎八は、嬉し気に挨拶をした。

「うん。どうした五郎八……」

半兵衛は苦笑した。

半兵衛は、半次や音次郎と五郎八を一石橋《いちこくばし》の袂《たもと》の蕎麦屋に伴った。

「やあ。半次の親分さんも音次郎もお変わりなく……」

五郎八は、親し気に笑った。

「五郎八の父っつあん。岡っ引仲間の噂にもならなかった処《ところ》をみると、首尾《しゅび》良くやっていたようだな」

半次は苦笑した。

「そりゃあもう。仕事先は悪辣《あくらつ》な商売をしている大店《おおだな》や偉そうな顔をしている旗本の屋敷。それに、入用《いりよう》なだけ頂く事にしていますからね。町奉行所に訴え出られるような下手《へた》な真似はしませんぜ」

五郎八は笑い、威勢よく蕎麦を手繰《たぐ》った。

「へえ。流石《さすが》は隙間風の五郎八の父っつあんだな」

音次郎は感心した。

「弟子にしてやっても良いぜ、音次郎……」

五郎八は、嬉し気に笑った。

「それには及ばねえ……」

音次郎は苦笑した。

「それにしても、盗人の隙間風の五郎八と北町奉行所吟味方与力の大久保さまが楽しそうに笑っているとはな……」

半兵衛は苦笑した。

「大久保さま、見た目は恐ろしそうな人ですが、人柄の良い方ですねえ。うん……」

五郎八は、楽しそうに笑った。

「して、五郎八。私に用とは何だ……」

半兵衛は、蕎麦を手繰りながら尋ねた。

「そいつが半兵衛の旦那、昨夜、牛込神楽坂《うしごめかぐらざか》は通寺町《とおりてらまち》の大安寺《だいあんじ》に押し込みましてね……」

五郎八は、蕎麦を手繰る箸《はし》を置いた。

「通寺町の大安寺……」

半兵衛は眉をひそめた。

「ええ。大安寺の住職の浄海《じょうかい》は、裏で秘かに高利貸《こうりがし》をしていましてね。旗本や大店に大金を貸して大儲《おおもう》けをしているって噂でしてね」

　五郎八は囁《ささや》いた。

「坊主金《ぼうずがね》か……」

「ええ。尤《もっと》もらしい顔で偉そうに仏の道を説く裏で、貯め込んだお布施《ふせ》を貸して金儲けをしている生臭《なまぐさ》坊主。そいつを暴《あば》いてやろうと思いましてね」

「で、押し込んだか……」

　半兵衛は苦笑した。

「はい。で、浄海の野郎が寝ている寝間の隣の座敷の床下に七百両程の金が隠してあるのを見付けたんですが、一緒に此奴《こいつ》もありましてね」

　五郎八は、懐《ふところ》から袱紗《ふくさ》に包んだ物を半兵衛に差し出した。

「何だ……」

　半兵衛は、袱紗を解いた。

　袱紗の中には印籠《いんろう》があった。

「印籠……」

　半兵衛は、印籠を手に取って見た。

　印籠は古く、金の埋め込まれた葵《あおい》の紋所《もんどころ》が刻まれていた。

「葵の御紋……」

半兵衛は緊張した。

「えっ……」

半次と音次郎は戸惑った。

「ええ。金の葵の紋所の入った古い印籠。で……」

五郎八は、古い葵の紋所の印籠を開け、折り畳んだ古い書付《かきつ》けを取り出した。

「折紙《おりがみ》かな……」

半兵衛は訊いた。

「ま、由緒書《ゆいしよがき》ですか……」

五郎八は、古い由緒書を半兵衛に渡した。

「うん……」

半兵衛は、古い由緒書を黙読した。

「旦那……」

半次は、半兵衛を見詰めた。

「うん。大昔、関ヶ原の合戦の時、権現《ごんげん》さまの馬廻《うままわ》り役として働いた旗本の夏目《なつめ》虎之介《とらのすけ》が褒美《ほうび》に拝領した家宝だと書かれているよ」

半兵衛は告げた。

「権現さまの褒美の家宝……」

音次郎は、古い印籠を見詰めた。

「旗本の夏目虎之介さまですか……」

半次は眉をひそめた。

「ああ。此《こ》の古い印籠は、旗本の夏目虎之介が権現さまから褒美として拝領し、以来、夏目家の家宝とされていたようだね」

半兵衛は読んだ。

「そいつが、何故か生臭坊主の浄海の金箱と一緒にあった……」

五郎八は、楽しそうに笑った。

「何かあるか……」

半兵衛は苦笑した。

「きっと……」

五郎八は頷《うなず》いた。

「旦那……」

半次と音次郎は、半兵衛の出方を窺《うかが》った。

「よし。ちょいと探ってみるか……」

半兵衛は決めた。

「そう来なくっちゃあ……」

五郎八は喜んだ。

「じゃあ、先《ま》ずは牛込神楽坂は通寺町の大安寺の生臭坊主ってのを拝みに行ってみますか……」

半次は苦笑した。

「よし。そうするか……」

半兵衛は、刀を手にして立ち上がった。


牛込御門の架かっている外濠《そとぼり》は、眩《まぶ》しく煌《きら》めいていた。

五郎八は、半兵衛、半次、音次郎を誘《いざな》って神楽坂を上がった。

神楽坂を上がって善国寺《ぜんこくじ》門前を抜け、肴町《さかなちよう》を進むと通寺町だ。そして、横寺《よこでら》町《ちよう》の通りに曲がると生臭坊主の浄海が住職を務める大安寺はあった。

「此処《ここ》ですぜ……」

五郎八は、古い寺を示した。

古寺の山門には、『大安寺』と書かれた扁額《へんがく》が掲げられていた。

半兵衛、半次、音次郎は、『大安寺』の境内《けいだい》を覗《のぞ》いた。

本堂、方丈《ほうじょう》、庫裏《くり》、供養塔《くようとう》、鐘楼《しょうろう》などがあり、境内はそれなりに手入れがされていた。

「大安寺、住職の浄海の他に誰がいるんだ」

半兵衛は、押し込む前に調べた筈《はず》の五郎八に訊いた。

「はい。番頭を務めている弟子の海仙《かいせん》と寺男の茂造《しげぞう》ですが、本堂の裏の家作《かさく》に用心棒の北島丈一郎《きたじまじょういちろう》って浪人が……」

五郎八は告げた。

「用心棒の浪人か……」

「はい。尤《もっと》もあっしが押し込んだのに気が付かなかった用心棒です。大した奴じゃありませんよ」

五郎八は笑った。

「五郎八の父っつあん、油断は禁物だ」

半次は窘《たしな》めた。

「仰る通りで。で、浄海、そろそろ檀家廻《だんかまわ》りに出掛ける刻限で……」

五郎八は、『大安寺』を眺《なが》めた。

「檀家廻りねえ……」

半兵衛は苦笑した。

「ええ。ですが、檀家廻りは表向きでしてね。本当は金を借りたい者の処に行ったり、取立てに行ったりしているんですよ」

五郎八は嘲笑《あざわら》った。

「裏の商売の方が忙しいか……」

半兵衛は読んだ。

近くの寺が午《うま》の刻九つ（正午）の鐘の音を響かせた。

「旦那、出て来ますぜ……」

音次郎が報《しら》せた。

半兵衛、半次、五郎八は、物陰に隠れて見守った。

初老の坊主が、『大安寺』の山門から若い坊主と総髪《そうはつ》の浪人を従えて現れ、通寺町の通りに向かった。

「初老の坊主が浄海、若いのが弟子で番頭の海仙、浪人が用心棒の北島丈一郎ですぜ」

五郎八は告げた。

「よし。半次、音次郎と浄海たちの動きを見定めてくれ」

「承知……」

半次は頷いた。

「私は北町奉行所に戻り、権現さまから葵の紋所の印籠を拝領した夏目虎之介って旗本を調べてみるよ」

半兵衛は告げた。

「はい。じゃあ、音次郎……」

「合点《がってん》です」

半次と音次郎は、浄海、海仙、北島丈一郎を追った。

「旦那、あっしは何を……」

五郎八は、笑顔で身を乗り出した。

「五郎八、葵の紋所の印籠は預かったよ」

「どうぞ、どうぞ。で、あっしは……」

「御苦労だったね。家に帰り、どうなるか楽しみに待っているんだ」

半兵衛は遮《さえぎ》った。

「えっ。旦那……」

五郎八は、年甲斐《としがい》もない声を上げた。

半兵衛は苦笑した。


神楽坂の下には外濠が見えた。

浄海、海仙、北島丈一郎は、神楽坂を下りて外濠沿いを小石川御門に向かった。

音次郎は、慎重に尾行《つけ》た。

半次は続いた。

浄海、海仙、北島丈一郎は何事か言葉を交わした。そして、浄海と海仙は、北島丈一郎を残して荷揚屋《にあげや》に入った。

音次郎は、物陰から見守った。

北島丈一郎は、傍《かたわ》らにある一膳飯屋《いちぜんめしや》の暖簾《のれん》を潜った。

音次郎は見届けた。

「どうした……」

半次は、物陰にいる音次郎の傍に来た。

「浄海と海仙は荷揚屋に、北島の奴はそこの一膳飯屋に……」

音次郎は、荷揚屋と一膳飯屋を示した。

「浄海、先ずは檀家廻りかな……」

半次は、荷揚屋を眺めた。

浄海と海仙の読む経が、静かな荷揚屋から外に洩れ始めた。


旗本の夏目家……。

半兵衛は、北町奉行所に戻り、直参《じきさん》旗本の武鑑《ぶかん》に〝夏目家〟を探した。

おそらく家祖《かそ》は、権現さまから葵の紋所の印籠を拝領した〝虎之介〟なのだ。

虎之介が家祖の旗本夏目家……。

半兵衛は、旗本の武鑑を調べた。

家祖が虎之介の旗本夏目家は、赤坂一ツ木《あかさかひとつぎ》丁《ちょう》にあった。

此処《ここ》だな……。

半兵衛は見定めた。

夏目家は当代を竜之進《りゅうのしん》と云い、千石取りの旗本だった。

『大安寺』の金箱と一緒にあった葵の紋所の印籠は、旗本夏目家の家宝として秘蔵されていた物なのだ。しかし、何らかの理由で浄海の手に渡り、金と一緒に隠されていたのかもしれない。

半兵衛は、読みを続けた。

葵の紋所の印籠は、金と一緒に仕舞われていた処《ところ》をみると、それなりの価値のある物と認められているのだ。

だとしたら、夏目家の誰かが『大安寺』の浄海の許に持ち込み、金を借りる形《かた》にしたのかもしれない。

半兵衛は読んだ。

権現さま拝領の葵の紋所の印籠で、金が幾ら借りられるのか……。

もしそうなら、家宝の葵の紋所の印籠を借金の形にしたのは、夏目家の誰なのか……。

それとも、夏目家の者が知らぬ内に何者かが秘かに持ち出したか……。

半兵衛は気になった。

揚場町《あげばちょう》の荷揚屋を出た浄海と海仙は、浪人の北島丈一郎と落ち合い、江戸川《えどがわ》に向かった。

半次と音次郎は尾行た。

「さあて、次の仕事は表か裏か……」

音次郎は、楽しそうな笑みを浮かべた。

半次は苦笑した。


半兵衛は、北町奉行所を出て外濠に架かっている呉服橋《ごふくばし》御門を渡り、南に進んだ。

誰かが見ている……。

半兵衛は、己を見ている何者かの視線を感じた。

誰だ……。

半兵衛は、何気ない素振《そぶ》りで背後を窺った。

背後にそれらしい者はいなかった。

だが、見詰める視線は続いた。

殺気はない……。

半兵衛は、見詰める視線に殺気がないのに気が付いた。

そうか……。

半兵衛は苦笑した。

二

溜池《ためいけ》には水鳥が遊び、水飛沫《みずしぶき》が煌めき、幾つもの波紋が重なっていた。
半兵衛は、外濠沿いの葵坂《あおいざか》を足早に下りて物陰に隠れた。
追って来た者が現れる……。
半兵衛は、物陰で待った。
北町奉行所を出て以来、半兵衛の後ろ姿を見詰めながら尾行て来た者が来るのだ。
半兵衛は待った。
羽織を着た小柄な年寄りが、慌てて小走りにやって来た。
やっぱり……。
半兵衛を尾行て来た小柄な年寄りは、隙間風の五郎八だった。
五郎八は狼狽え、周囲に半兵衛を捜した。
「どうした。五郎八……」
半兵衛は、物陰から出た。
「あっ。半兵衛の旦那……」

五郎八は、子供のように喜んで半兵衛に駆け寄った。

「私が出て来るのをずっと待っていたのか……」

半兵衛は苦笑した。

「ええ。まあ……」

五郎八は頷いた。

「じゃあ、行くよ……」

半兵衛は、溜池沿いを進んだ。

「お供しますぜ……」

五郎八は、嬉し気に半兵衛に続いた。


溜池沿いを西に進むと赤坂だ。

半兵衛は、溜池の桐畑《きりばたけ》沿いを赤坂御門に進み、赤坂田町《たまち》五丁目を一ツ木丁の通りに曲がった。

五郎八は続いた。

「葵の紋所の印籠の持ち主の夏目虎之介の屋敷、分かったんですか……」

「うん。子孫の竜之進の屋敷をね」

半兵衛は苦笑した。

一ツ木丁の通りは、赤坂新町《しんまち》の町方の地と旗本屋敷の連《つら》なりの間に続いている。

此の並ぶ旗本屋敷の中に夏目家がある。

半兵衛は、連なる旗本屋敷を眺めた。

「どの屋敷ですか……」

五郎八は眉をひそめた。

「そいつは未だだ……」

「じゃあ……」

五郎八は、辺りを見廻し、旗本屋敷の門前を掃除している中間《ちゅうげん》に気が付いた。

「ちょいとお待ちを……」

五郎八は、掃除をしている中間に駆け寄って行った。

半兵衛は苦笑した。

五郎八は、掃除をしている中間と何事か言葉を交わした。

中間は、半兵衛のいる方に指を差し、五郎八に何かを告げた。

五郎八は、中間に会釈《えしゃく》をして半兵衛の許に戻って来た。

「分かったかい、夏目屋敷……」

「はい。夏目竜之進さまの御屋敷は、一ツ木丁の通りに入って三軒目の御屋敷だそうです。あそこですね……」

五郎八は、三軒目の旗本屋敷に向かった。

半兵衛は続いた。


夏目屋敷は表門を閉じ、静けさに覆《おお》われていた。

「此の御屋敷ですね……」

五郎八は、夏目屋敷を眺めた。

「うむ……」

半兵衛は頷いた。

「で。旦那、どうしますか……」

五郎八は、半兵衛の出方を窺った。

「うむ。先ずは夏目屋敷の様子と、主の竜之進の人柄なんかを聞き込むか……」

「はい。造作もありませんぜ」

五郎八は、楽しそうな笑みを浮かべた。

「大丈夫か……」

「御安い御用。押し込み先を調べると思えばどうって事はありませんよ。じゃあ、あの甘味処《かんみどころ》で待っていて下さい……」

五郎八は、赤坂新町の町方の地にある甘味処を示し、聞き込みに駆け去った。

「押し込み先か……」

半兵衛は苦笑し、夏目屋敷を眺めた。

夏目屋敷に人の出入りはなかった。

半兵衛は、赤坂新町にある甘味処に向かった。


「邪魔するよ……」

半兵衛は、甘味処に入って窓辺に座った。

「おいでなさいまし……」

片襷《かただすき》に前掛姿の初老の女が、半兵衛に茶を持って来た。

「うん。安倍川《あべかわ》を貰おうか……」

「はい。只今《ただいま》……」

初老の女は、板場に向かった。

半兵衛は、安倍川餅を注文して窓の外に見える夏目屋敷を眺めた。

夏目屋敷の表門は閉められ、出入りする者もいなかった。

「お待たせしました……」

初老の女は、安倍川餅を持って来た。

「おう。此奴《こいつ》は美味そうだね」

「はい。それはもう……」

初老の女は微笑《ほほえ》んだ。

「戴くよ……」

半兵衛は、安倍川餅を食べた。

「うん、美味いね……」

「ありがとうございます」

「処《ところ》で女将、向かいに見える旗本屋敷、夏目竜之進さまの御屋敷だね」

半兵衛は、安倍川餅を食べながら尋ねた。

「はい。左様にございますよ」

初老の女は頷いた。

「店の前が旗本屋敷ってのは、落ち着かないだろうね」

半兵衛は笑った。

「そりゃあもう。でも、慣れましたよ」

初老の女は苦笑した。

「見た処、静かな旗本屋敷のようだね」

「ええ。お蔭さまで、夏目さまはお殿さまも物静かな方で御屋敷も静か。ありがたい事です」

初老の女は微笑んだ。

「ほう。そいつは良かったね」

「ええ……」

「夏目さまは、殿さまの他に奥方と子供がいるのかな……」

半兵衛は、それとなく探りを入れた。

「はい。お殿さまの竜之進さま、奥方の早苗《さなえ》さま。それに若さまの隼人《はやと》さま、御姫さまのお由衣《ゆい》さまがおいでになりますよ」

「若さまの隼人さま、歳は幾つだ……」

「十五、六歳だと思いますよ」

「十五、六歳か……」

半兵衛は、安倍川餅を食べ続けた。

本郷御弓町《ほんごうおゆみちょう》の旗本屋敷街には、物売りの声が長閑《のどか》に響いていた。

半次は、『大安寺』住職の浄海、弟子の海仙、用心棒の北島丈一郎の訪れた旗本屋敷を見張っていた。

「親分……」

音次郎が駆け戻って来た。

「おう。何か分かったか……」

「はい。此の屋敷は、宮本宗兵衛《みやもとそうべえ》って旗本の屋敷でして、噂によると宮本宗兵衛さん、道楽者であちこちの高利貸に金を借りているそうですぜ」

音次郎は、聞き込んで来た事を報せた。

「じゃあ、宮本宗兵衛さん、浄海にも金を借りているか……」

半次は読んだ。

「きっと……」

音次郎は頷いた。

宮本屋敷表門脇の潜《くぐ》り戸《ど》が開き。浄海が海仙と北島を従えて出て来た。

「さあて、次の仕事は表か裏か、何処に行くのか……」

音次郎は苦笑した。

浄海、海仙、北島は、御弓町から本郷の通りに向かった。

「音次郎……」

半次は、音次郎を促して浄海たちを尾行た。


「いらっしゃいませ……」

初老の女は、五郎八を迎えた。

「女将《おかみ》さん、汁粉《しるこ》を頼むよ……」

五郎八は、汁粉を注文して半兵衛の許にやって来た。

「お待たせしました……」

「何か分かったかな……」

「はい。夏目竜之進さま、歳は四十歳で無役の小普請組《こぶしんぐみ》。穏やかな人柄で誰に訊いても評判は良く、奥方さまとも円満だそうですよ」

五郎八は、何処で調べて来たのか、笑みを浮かべて報せた。

「ほう、そうなのか……」

「ええ。で、殿さまの竜之進さまは、骨董《こっとう》集めや女遊びなどの金の掛かる道楽に現《うつつ》を抜かす事もなく、実直で生真面目……」

五郎八は、笑みを浮かべて茶を啜《すす》った。

「ならば、家宝の葵の紋所の印籠を形《かた》にして大安寺の浄海から坊主金を借りるなど、考えられないか……」

半兵衛は読んだ。

「はい。かと云って、盗人仲間の間にも夏目屋敷に押し込んだって話もありませんし」

五郎八は、自信に満ちた面持ちで頷いた。

「盗まれた訳でもないとなると……」

半兵衛は苦笑した。

「金が入り用になった夏目さまが秘かに売り飛ばした……」

五郎八は読んだ。

「あり得るか……」

半兵衛は頷いた。

神楽坂は夕陽に照らされた。

浄海は、海仙、北島丈一郎と共に神楽坂を上がり、通寺町に向かった。

半次と音次郎は、『大安寺』住職の浄海の一日を尾行廻《つけまわ》した。

浄海の一日は、坊主としての表の仕事が三分で金貸しの裏の仕事が七分だった。

「此じゃあ、金貸しが本業で坊主は内職のようなもんですね」

音次郎は苦笑した。

「ああ。坊主と云うより高利貸、偽坊主だぜ……」

半次は頷いた。

浄海、海仙、北島丈一郎は、通寺町の通りから『大安寺』の山門に向かった。

浄海は、『大安寺』の山門を潜った。

刹那《せつな》、二人の浪人が『大安寺』の境内から現れ、猛然と浄海に斬り掛かった。

浄海は、咄嗟《とっさ》に身を投げ出し、血を飛ばして転がった。

北島丈一郎が飛び出し、腕を斬られた浄海を庇《かば》って二人の浪人と斬り結んだ。

「海仙、和尚を連れて逃げろ……」

北島は怒鳴り、浄海に迫ろうとする二人の浪人と斬り合った。

「親分……」

音次郎は驚いた。

「呼《よ》び子笛《こぶえ》だ……」

半次は、呼び子笛を吹き鳴らした。

音次郎が続いた。

二人の浪人は狼狽え、一方に逃げた。

「音次郎……」

半次は、音次郎に目配せをした。

「合点です」

音次郎は、二人の浪人を素早く追った。

半次は、浄海、海仙、北島丈一郎たちを見守った。

腕を斬られた浄海は、海仙と北島丈一郎に助け起こされて『大安寺』に担ぎ込まれて行った。

半次は見送った。

海仙は、『大安寺』の山門を閉めた。

二人の浪人は、神楽坂を駆け下りた。

音次郎は、慎重に追った。


神田明神門前町の盛り場には、派手な明かりが灯されていた。

浄海を襲った二人の浪人は、盛り場の居酒屋の暖簾を潜った。

音次郎は見届けた。

二人の浪人は、居酒屋で誰かと逢うのかもしれない。

どうする……。

音次郎は迷った。

よし……。

音次郎の迷いは短かった。


「邪魔するぜ……」

音次郎は、居酒屋の暖簾を潜った。

「おいでなさいまし……」

厚化粧の年増が音次郎を迎えた。

「おう。酒を頼むぜ……」

音次郎は、店内を素早く見廻した。

二人の浪人は、店の隅で中年武士と酒を飲んでいた。

音次郎は、二人の浪人の背後に座った。

「そうか、運悪く町方が現れたか……」

中年武士は眉をひそめた。

「うむ。浄海の腕を斬り、止《とど》めを刺そうとしたのだが……」

不精髭《ぶしょうひげ》の浪人は悔しがった。

「うむ。用心棒の北島丈一郎の腕も分かった。次は必ず浄海を仕留める」

残る痩《や》せた浪人は薄く笑った。

「うむ。坊主の皮を被《かぶ》った高利貸。情け容赦《ようしゃ》は無用だ」

中年武士は酒を飲んだ。

浄海、止《とど》め、北島丈一郎、坊主の皮を被った高利貸……。

音次郎は、途切れ途切れの言葉を聞きながら酒を啜った。

居酒屋は賑《にぎ》わった。

中年武士は、二人の浪人と別れて居酒屋を出て神田川に向かった。そして、神田川に架かっている昌平橋を渡り、神田八《や》ツ小路《こうじ》から淡路坂《あわじざか》を上がった。

音次郎は、暗がり伝いに尾行た。

中年武士は、淡路坂を上がった処にある旗本屋敷に入った。

音次郎は見届けた。

さあて、何さまの屋敷か……。

音次郎は、暗い旗本屋敷を眺めた。

八丁堀《はっちょうぼり》の半兵衛の組屋敷には、遅くまで明かりが灯っていた。

音次郎は、半兵衛の作ってくれた雑炊《ぞうすい》を掻《か》き込《こ》んだ。

「御馳走さまでした。美味かったです」

音次郎は、空《から》になった丼を流しで洗って囲炉裏端《いろりばた》に戻った。

「よし、音次郎。二人の浪人、あれからどうした……」

半次は訊いた。

「はい。二人の浪人、神田明神の盛り場にある居酒屋に行って、中年の武士と逢いましてね……」

「中年の武士……」

半次は眉をひそめた。

「そいつが、二人の浪人に浄海を襲わせたのかな……」

半兵衛は訊いた。

「そんな感じでしたが、はっきりはしません」

音次郎は首を捻《ひね》った。

「そうか。で……」

半兵衛は、音次郎に話の先を促した。

「中年の武士は、神田川を渡って淡路坂の上の旗本屋敷に入りました」

「誰の屋敷だ……」

半次は訊いた。

「それが、通り掛かる人もいなくて、未だ……」

音次郎は、悔し気に告げた。

「よし……」

半兵衛は、神田駿河台《するがだい》の切絵図《きりえず》を開いた。

「どの屋敷だ……」

切絵図には、神田駿河台の道筋、並ぶ屋敷と名前が書かれていた。

「ええと……」

音次郎は、切絵図の淡路坂を上がった。

「此の屋敷ですね……」

音次郎は、一軒の旗本屋敷を指示した。

「此処か……」

半兵衛は、音次郎の指差した旗本屋敷に書き記されている名を読んだ。

「松崎内蔵助《まつざきくらのすけ》か……」

半兵衛は読んだ。

「旗本、松崎内蔵助さまの御屋敷ですか……」

音次郎は知った。

「うむ……」

半兵衛は、旗本の武鑑に〝松崎内蔵助〟を探した。

「うん。此《これ》だな……」

半兵衛は、旗本武鑑に〝松崎内蔵助〟を見付けた。

「いましたか……」

「うん。松崎内蔵助、二千石取りの無役。歳の頃は五十ぐらいだな……」

半兵衛は読んだ。

「じゃあ、二人の浪人と逢っていたのは松崎家の家来ですかね」

音次郎は読んだ。

「きっとな……」

半兵衛は頷いた。

「赤坂の夏目竜之進に続き、駿河台の松崎内蔵助ですか……」

半次は眉をひそめた。

「うん。浄海、手広くいろいろやっているようだが、それだけ恨《うら》みも買っているか……」

半兵衛は苦笑した。

「旦那、坊主は寺社方の御支配、それとなく耳に入れて置いた方が良いのじゃあ……」

半次は告げた。

「うん。そうだな……」

半兵衛は頷いた。

「よし。じゃあ音次郎、明日から松崎屋敷と家来の中年の武士ってのを調べてみな」

「はい。合点です」

音次郎は、喉を鳴らして頷いた。

「半次は引き続き大安寺を見張り、浄海の動きをな……」

「はい。ですが、赤坂の夏目竜之進はどうします」

「夏目屋敷は隙間風の五郎八が見張っているよ。今もな……」

半兵衛は苦笑した。

「五郎八の父っつあんが……」

「うむ。大人しく見張っているかどうかは分からぬがな……」

「そうですか……」

「半次、音次郎。此の一件、どう始末をつけるか、難しいようだな」

半兵衛は笑った。

囲炉裏の火は爆《は》ぜ、火の粉が飛び散った。

三

赤坂一ツ木丁は、行き交う者もいなく寝静まっていた。

盗人の隙間風の五郎八は、甘味処の路地に潜んで向かい側の夏目屋敷を見張った。

夏目屋敷は静かな闇に沈んでいた。

提灯《ちょうちん》の明かりを揺らし、一人の武士がやって来た。

五郎八は見守った。

提灯を持った武士は、夏目屋敷の潜り戸を叩いて中に入って行った。

誰だ……。

五郎八は戸惑った。

よし……。

五郎八は路地奥に入り、盗人姿に形《なり》を変えて出て来た。そして、一ツ木丁の通りに人気《ひとけ》のないのを見定め、夏目屋敷に一気に走った。

隙間風の五郎八は、夏目屋敷に駆け寄って土塀に張り付き、乱れた息を懸命に整えた。
乱れた息は、隙間風のように音を鳴らした。
五郎八は、息を整えて夏目屋敷の土塀の向こうに鉤縄《かぎなわ》を投げた。
鉤縄の鉤は、土塀の屋根に引っ掛かった。
五郎八は、鉤が引っ掛かったのを確かめて縄を引き、土塀に攀《よ》じ登《のぼ》った。

隙間風の五郎八は、土塀の上から夏目屋敷の庭に跳び下りた。
そして、植込みの陰に潜み、屋敷を眺めた。
屋敷は雨戸が閉められていた。
五郎八は、閉められた雨戸に駆け寄った。
そして、雨戸の隙間から屋敷の中を覗いた。
廊下に暗い障子《しょうじ》が続き、奥の座敷が微《かす》かに明るかった。
よし。隙間風の如く……。
五郎八は、問外《といかき》で雨戸を僅《わず》かに開けて素早く忍び込んだ。
廊下は暗く、奥の座敷の障子が明るく、男たちの話し声が微かに洩れていた。

五郎八は、廊下から奥の座敷の隣の暗い部屋に入った。

暗い部屋に入った五郎八は、奥の座敷との間の壁に張り付いた。

「それで兄上、その後、大安寺の浄海なる坊主、何か云って来たのですか……」

「それが、我が家の家宝らしき印籠を思わぬ処から手に入れたと報せて来て以来、何も云って来ないのだ……」

兄上の声がした。

夏目竜之進だ……。

となると、話し相手は竜之進の弟なのだ。

五郎八は睨《にら》んだ。

「そうですか……」

「うむ。何《いず》れにしろ、浄海なる坊主、何を企《くわだ》てているのか……」

「分かりました。明日、私が大安寺に行ってみましょう」

「うむ。だが、源次郎《げんじろう》、呉々《くれぐれ》も無理はするな」

竜之進は告げた。

弟の名は源次郎……。

五郎八は知った。

半次は牛込通寺町の『大安寺』、音次郎は駿河台の松崎内蔵助の屋敷に向かった。そして、半兵衛は吟味方与力の大久保忠左衛門の用部屋を訪れた。

「どうした、半兵衛。珍しいな……」

大久保忠左衛門は、己からやって来た半兵衛に細い首を伸ばした。

「はい。実は牛込通寺町に坊主の皮を被って高利貸をしている者がいましてね」

半兵衛は報せた。

「何、そのような痴《し》れ者《もの》がいるのか……」

忠左衛門は、細い首の筋を引《ひ》き攣《つ》らせた。

「はい。それで、ちょいと調べているのですが、寺社方が何か云って来た時には宜しくお願いします」

「うむ、任せて置け。で、半兵衛。その罰当《ばちあ》たりの痴れ者、何と申す寺の坊主なのだ……」

「はい。大安寺と云う寺の住職、浄海……」

「おのれ、浄海。半兵衛、浄海は坊主に化けた罰当たりな高利貸、寺社方に遠慮は無用だ。早々に悪事の証拠を押さえ、お縄にするんだ」

忠左衛門は、細い首の筋を引き攣らせて半兵衛に命じた。

「心得ました。では、御免……」

半兵衛は、用部屋から出て行った。

「罰当たりめ、祟《たた》りが怖くないのか……」

忠左衛門は、細い筋張った首を竦《すく》めた。


駿河台の松崎屋敷は、中間小者たちの掃除も終わり、表門を閉じていた。

音次郎は、見張りながら聞き込みを掛けた。

松崎内蔵助は好事家《こうずか》であり、大金を掛けて名のある茶道具を集めていた。

二人の浪人が浄海を襲った理由は、松崎内蔵助の茶道具集めと拘《かか》わりがあるのか……。

音次郎は、松崎屋敷を見張った。

中年武士が、松崎屋敷表門脇の潜り戸から出て来た。

浄海を襲った浪人たちと逢っていた中年武士だ。

よし……。
音次郎は見定め、淡路坂を下って行く中年武士を追った。
牛込通寺町の『大安寺』は、寺男の茂造によって山門前や境内の掃除がされていた。
浄海と海仙が本堂で読む経は、境内の外に洩れて来ていた。
浄海の斬られた腕の傷は、大したことはなかったようだ。
用心棒の浪人北島丈一郎は、未だ本堂裏の家作から出て来てはいなかった。
半次は、『大安寺』を見張った。
僅かな刻が過ぎた。
うん……。
半次は、神楽坂の方から来る羽織を着た初老の男に気が付いた。
五郎八の父っつあんか……。
半次は、眼を凝《こ》らした。
別人だ……。
やって来る羽織を着た初老の男は、五郎八に良く似た感じだが、別人だった。

羽織を着た初老の男は、風呂敷包《ふろしきづつ》みを抱えて『大安寺』の山門を潜った。

浄海と海仙の経は続いた。

半次は、境内を覗いた。

羽織を着た初老の男は、庫裏に入って後ろ手に腰高障子を閉めた。


よし……。


半次は、境内を走って庫裏の腰高障子の傍に張り付いた。

「へえ、此奴が権現さまから拝領した葵の紋所入りの茶碗かい。小平《こへい》さん……」

庫裏から、寺男の茂造の嘲《あざけ》りを含んだ声がした。

「ああ。底に葵の紋所を彫った茶碗だよ」

「誰が何処から手に入れたのかな……」

茂造は苦笑した。

「さあて、そいつは内緒だ。茂造さん……」

小平と呼ばれた羽織を着た初老の男は、言葉を濁《にご》した。

故買屋《こばいや》か……。

半次は、小平と云う初老の男を故買屋だと睨んだ。

『大安寺』の住職浄海の許には、盗品を売り買いする故買屋が出入りしている。

半次は知った。


溜池に水鳥が遊んだ。

赤坂一ツ木丁の夏目屋敷は表門を閉じ、人の出入りもなかった。

半兵衛は、夏目屋敷を眺めた。

「半兵衛の旦那……」

五郎八は、甘味処から軽い足取りで出て来た。

「おう……」

半兵衛は、五郎八の足取りを見て何かをしたと睨んだ。


半兵衛は、甘味処の窓辺に座り、夏目屋敷を眺めて茶を啜った。

「して、昨夜、夏目屋敷に変わった事はなかったかな……」

半兵衛は訊いた。

「旦那、源次郎って殿さまの弟が来ましたよ」

五郎八は報せた。

「源次郎って弟……」

半兵衛は眉をひそめた。

「はい。此処の女将さんに聞いたんですが、夏目家の殿さまの竜之進さまには源次郎と云う弟がいて、五年前に他の旗本家の婿養子に入ったそうです」

「成《な》る程《ほど》、その弟の源次郎が昨夜、此処に来たのか……」

「はい……」

「して、どうした……」

「えっ……」

「大人しくしている五郎八でもあるまい……」

半兵衛は読んだ。

「流石は半兵衛の旦那。ちょいと隙間風のように忍び込んでみたんですよ」

「隙間風のようにな……」

半兵衛は苦笑した。

「ええ。で、殿さまと弟の源次郎の話を盗み聞きしたんですがね。大安寺の浄海が夏目家に、家宝の印籠を思わぬ処から手に入れたと報せて来て以来、何の連絡もないと、殿さまが源次郎に。で、源次郎が大安寺に行ってみると云っていましたぜ」

五郎八は告げた。

「そうか……」

『大安寺』には半次がおり、浄海を見張っている。何かあれば、それなりの処理をして、報せを寄越す筈だ。

それにしても、浄海は夏目家に何かを仕掛けようとしている。

それは何か……。

半兵衛は、窓の外の夏目屋敷を眺めた。


神田川を行く猪牙舟《ちよきぶね》は、水飛沫を煌めかせていた。

松崎屋敷を出た中年の武士は、神田川に架かっている昌平橋を渡り、神田明神門前町にある一膳飯屋に入った。

音次郎は見届けた。

一膳飯屋で昨日の二人の浪人と落ち合い、再び浄海を殺しに行くのか……。

音次郎は読み、中年の武士が一膳飯屋から出て来るのを待った。

僅かな刻が過ぎた。

一膳飯屋から托鉢《たくはつ》坊主が現れ、古びた饅頭笠《まんじゆうがさ》を被り始めた。

中年の武士が続いて出て来た。

「ならば、竜安《りゆうあん》……」

「宮坂《みやさか》さん、残りの半金、直ぐに貰いに行く」

竜安と呼ばれた托鉢坊主は、嘲笑《ちようしよう》混じりに告げて明神下の通りに向かった。

宮坂と呼ばれた中年の武士は、一膳飯屋の前に佇んで竜安を見送った。

どうする……。

音次郎は、宮坂と竜安のどちらを追うか迷った。

迷いは一瞬だった。

音次郎は、托鉢坊主の竜安を追った。


故買屋の小平は、海仙と茂造に見送られて『大安寺』から帰って行った。

半次は、物陰から見送った。

故買屋小平が何処にいるかは、後で茂造や海仙を締め上げれば良い。

半次は、引き続き浄海と『大安寺』を見張る事にした。

神楽坂から若い武士がやって来た。

半次は、物陰に隠れた。

若い武士は、『大安寺』の山門前に立ち止まって境内を覗いた。

大安寺に用があるのか……。

半次は、若い武士を見守った。

若い武士は、『大安寺』の様子を窺い、境内に入るかどうか迷いを見せた。

どうした……。

半次は眉をひそめた。

若い武士は、迷い躊躇った挙句《あげく》、溜息《ためいき》を吐《つ》いて『大安寺』の前を足早に立ち去った。

半次は、戸惑った面持ちで見送った。

若い武士は、『大安寺』で何かをしようとしたが思い止まったのだ。しようとした何かは恨みを晴らす事か……。

半次は読んだ。

浄海を恨んでいる者は多い……。

若い武士は、神楽坂に向かって足早に立ち去って行く。

半次は見送った。

「御苦労だね、半次……」

半兵衛がやって来た。

「こりゃあ旦那……」

「どうだ……」

半兵衛は、『大安寺』を眺めた。

「浄海、斬られた傷は大した事はなさそうです……」

「流石は、憎まれっ子、世に憚《はばか》るか……」

半兵衛は苦笑した。

「で、小平と云う故買屋が来ましたよ」

半次は報せた。

「故買屋の小平……」

半兵衛は眉をひそめた。

「はい。で、底に葵の御紋の刻まれた茶碗を浄海の処に持ち込みましたよ」

「底に葵の御紋の茶碗か……」

「ええ。誰かが盗んで来たのを買い取り、浄海に売っている……」

半次は読んだ。

「うん。夏目家の印籠も誰かに盗み出されて、故買屋の小平を経て浄海の手に渡ったのかもしれないね」

半兵衛は睨んだ。

「きっと。で、後、気になったのは、若い侍が大安寺に入るかどうか、迷い躊躇った挙句に引き上げて行きましてね」

「ほう。そんな若い侍が来たか……」

「ええ。ひょっとしたら、浄海を斬りに来て思い止まったのかも……」

半次は報せた。

「うん。夏目家も権現さま拝領の印籠が手元に無い事が公儀に知れると只《ただ》では済まぬと、焦っているようだ」

「じゃあ、若いお侍、夏目家に拘わりある人だったかもしれませんね」

半次は眉をひそめた。

「うむ……」

迷い躊躇い思い止まった若い侍は、五郎八の云っていた他家に婿養子に行った夏目竜之進の弟、源次郎なのかもしれない。

半兵衛は読んだ。

托鉢坊主が錫杖《しゃくじょう》を突きながらやって来た。

「あっ……」

半次は、短い声を上げた。

「どうした……」

寺の多い町に托鉢坊主は珍しくはない。

「音次郎です……」

半次は、托鉢坊主の後から来る音次郎に気が付いた。

「音次郎、托鉢坊主を尾行て来たようだな」

「はい。何者なんですかね、托鉢坊主……」

「うん……」

半兵衛と半次は、物陰から見守った。

托鉢坊主は、『大安寺』に向かって進んだ。

行き先は、やはり大安寺だ……。

音次郎は、托鉢坊主の竜安の後ろ姿を見据えて進んだ。

大安寺の前には、半次の親分がいる筈だ……。
音次郎は、大安寺門前を窺った。
半次の姿は窺えなかった。
托鉢坊主の竜安は、『大安寺』の前で立ち止まった。
音次郎は、素早く物陰に入って竜安を見守った。

托鉢坊主は、『大安寺』を窺った。
『大安寺』は静寂に覆われていた。
托鉢坊主は、『大安寺』の山門を潜って境内に入った。
半兵衛と半次は見届けた。
音次郎が物陰から現れ、『大安寺』の山門に駆け寄って境内を覗いた。
托鉢坊主は、庫裏の腰高障子を叩いていた。
「音次郎……」
半次の声がした。
音次郎は振り返った。
半次と半兵衛がやって来た。

「親分、旦那……」

「托鉢坊主、何者だい……」

半次は、庫裏の腰高障子の前にいる托鉢坊主を見詰めた。

「はい。旗本の松崎内蔵助の家来の宮坂に雇われた竜安って坊主です」

「竜安……」

半兵衛は、厳しさを滲《にじ》ませた。

「はい。ひょっとしたら、金で雇われて浄海の命を狙っているのかもしれません」

音次郎は告げた。

「うん……」

半兵衛は頷き、『大安寺』の境内を覗いた。

庫裏の傍の井戸端では、竜安が饅頭笠を取って顔や手足を洗っていた。

寺男の茂造が茶を持って来た。

竜安は、庫裏の前の縁台に腰掛け、茂造の持って来た茶を飲み始めた。

「井戸を借りて托鉢の一休みですか……」

半次は眺めた。

「うむ。何を企《たくら》んでいるのか……」

半兵衛は、厳しさを滲ませた。


「茂造さん……」

庫裏から海仙が出て来た。

「はい。何ですか、海仙さん……」

「新しい仏さまが来ます。一緒に墓穴を掘って下さい」

「承知しました……」

「じゃあ……」

海仙は、竜安に会釈をして鋤《すき》を担《かつ》ぎ、庫裏の裏の墓地に向かった。

「竜安さん、じゃあ、お気を付けて……」

茂造は、竜安を残して鋤と鍬《くわ》を担いで海仙に続いて墓地に行った。

竜安は、素早く身支度を整え、錫杖を握り締めて庫裏に入った。


竜安は、庫裏から方丈に忍んだ。

座敷に浄海の姿が見えた。

竜安は、錫杖の仕込刀《しこみがたな》を抜き放った。

「やはり刺客か……」

用心棒の北島丈一郎が現れた。

浄海は、素早く座敷の隅に逃げた。

「くそ……」

竜安は焦り、狼狽えた。

「誰に雇われた……」

「煩《うるさ》い……」

竜安は、構わずに浄海に斬り掛かった。

刹那、北島が抜き打ちの一刀を鋭く放った。

竜安は、袈裟《けさ》懸《が》けに斬られて仰《の》け反《ぞ》った。

北島は、二の太刀を横薙《よこな》ぎに一閃《いっせん》した。

竜安は、顔を醜《みにく》く歪《ゆが》めて斃《たお》れた。

北島は、竜安の死を見定めた。

「誰の仕組んだ事やら……」

浄海は、残忍な笑みを浮かべた。

「和尚さま、墓穴の仕度が出来ましたよ」

海仙がやって来た。

四

半刻が過ぎた。

托鉢坊主の竜安は、『大安寺』の庫裏に入ったまま出て来る事はなかった。

半兵衛、半次、音次郎は、『大安寺』を見張り続けた。

「旦那、竜安、出て来ませんね……」

音次郎は眉をひそめた。

「うん……」

「旦那……」

半次が、庫裏の傍の井戸を示した。

海仙と茂造が、庫裏の裏の墓地から出て来て井戸端で手足の泥を洗い始めた。

「どうやら竜安、返り討ちにあったようだ」

半兵衛は、厳しい面持ちで読んだ。

「旦那……」

「半次、此処を頼む。音次郎、一緒に来な」

「はい……」

半兵衛は、音次郎を従えて『大安寺』の裏に廻って行った。


『大安寺』の裏には墓地があり、木戸門があった。

半兵衛と音次郎は、墓地に忍び込んだ。

墓の並ぶ墓地に人はいなかった。

「墓穴を埋め戻したばかりの処だ……」

半兵衛は命じた。

「合点です」

音次郎は頷き、埋め戻した処を探し始めた。

半兵衛は続いた。

「旦那……」

音次郎が、墓地の端から小声で呼んだ。

半兵衛は、音次郎のいる墓地の端に急いだ。

「見て下さい……」

音次郎は、墓穴大の埋めたばかりの地面を示した。

「よし。掘ってみよう……」

半兵衛と音次郎は、落ちていた棒切れを埋めたばかりの地面に突き刺し、掘り返した。

土の中から托鉢坊主の衣が見えた。

「旦那……」

「ああ。竜安だ……」

半兵衛は、厳しい面持ちで頷いた。


赤坂一ツ木丁の夏目屋敷は、表門を閉じて静けさに覆われていた。

隙間風の五郎八は、物陰から見張り続けていた。

半兵衛がやって来た。

「旦那……」

「どうだ。何か変わった事はあったか……」

「はい。先程、弟の源次郎が沈んだ面持ちで来ましたよ」

五郎八は告げた。

「弟の源次郎が……」

「はい……」

五郎八は頷いた。

『大安寺』の前で迷い躊躇った挙句、何もせずに引き上げたのは、やはり夏目竜之進の弟の源次郎だったのかもしれない。

半兵衛は睨んだ。

「よし。五郎八、一緒に来い……」

半兵衛は、夏目屋敷に向かった。

「は、はい……」

五郎八は、怪訝《けげん》な面持ちで半兵衛に続いた。


夏目屋敷の座敷には、庭の鹿威《ししおど》しの音が甲高《かんだか》く響いていた。

半兵衛と五郎八は、座敷で主の夏目竜之進と向かい合った。

「北町奉行所の白縫半兵衛どのか……」

夏目は、半兵衛に警戒の眼差しを向けた。

「はい。して、此《これ》なるは五郎八……」

半兵衛は、五郎八を引き合わせた。

五郎八は、落ち着かない風情《ふぜい》で挨拶をした。

「うむ。して、用とは……」

「夏目さま、手前の知り合いが此のような印籠を手に入れましてな」

半兵衛は、袱紗包みを取り出した。

「印籠……」

夏目は、緊張を露《あら》わにした。

半兵衛は袱紗を解き、葵の御紋入りの古い印籠を見せた。

「そ、それは……」

夏目は狼狽えた。

「中の由緒書によれば、その昔、夏目家家祖の虎之介さまが権現さまから拝領した夏目家の家宝とか……」

半兵衛は、夏目を見詰めた。

「白縫どの……」

「ですが、本物か偽物かは分かりません」

「本物なら何とする……」

夏目は、半兵衛の出方を窺った。

「事と次第によっては、正当な持ち主に返そうと持参致した迄《まで》……」

半兵衛は笑い掛けた。

「白縫どの……」

夏目は、微かな安堵を過《よ》ぎらせた。

「何かお心当たりがあるなら、お聞かせ頂きたい……」

「白縫どの、恥を話すが、我が家の家宝、渡り中間に盗み出されましてな」

夏目は、悔しさと恥ずかしさに顔を歪めた。

「ほう、渡り中間に……」

「左様。して、十日程前……」

夏目は、苦し気に言葉を詰まらせた。

「牛込大安寺の住職浄海が何か云って来ましたか……」

半兵衛は読んだ。

「白縫どの……」

「大安寺の浄海、旗本の弱味に付け込んで強請《ゆすり》を働いていましてな」

半兵衛は苦笑した。

「私の許には、家宝の印籠、返して欲しければ、三百両で買い戻せと云って来た」

夏目は、悔し気に吐き棄てた。

「三百両の強請ですか……」

半兵衛は知った。

「左様。三百両、掻き集めれば何とかなるが、浄海の強請に屈すれば、次はそれを新たな強請に使われる恐れもあり……」

「浄海の命を狙いましたか……」

半兵衛は睨んだ。

「白縫どの……」

夏目は、半兵衛がいろいろ気が付いているのに怯《ひる》んだ。

「今日、やはり浄海に強請られていると思われる旗本が刺客を送り、返り討ちに逢いましてな……」

「返り討ちに……」

夏目は、思わず顔を強張《こわば》らせた。

「如何《いか》にも。此の印籠の謂《いわ》れ、良く分かりました。ならば、お返し致します」

半兵衛は、袱紗に載せた葵の紋所の入った古い印籠を夏目に差し出した。

「し、白縫どの……」

夏目はその眼を輝かせ、古い印籠を手に取って中の由緒書を検《あらた》め、大きな溜息を吐いた。

「間違いなく、我が夏目家家祖の虎之介が権現さまから拝領した印籠……」

夏目は、満面に安堵を浮かべた。

「夏目さま、我らは浄海を坊主に化けた高利貸、強請者としてお縄にします。夏目さまには、事の次第を証言して頂けますかな」

半兵衛は、夏目を見据えた。

「証言……」

夏目は緊張した。

「左様。名は出来るだけ出さずに……」

「白縫どの、気遣い無用。多少の恥辱は覚悟の上。証言しましょう」

夏目は、潔《いさぎよ》く覚悟を決めた。

「ありがたい……」

半兵衛は微笑んだ。

「いえ。いろいろお心遣い、忝《かたじけな》い。此の通り、礼を申す」

夏目は、半兵衛に頭を下げた。

「夏目さま、礼を云うなら私ではなく、手に入れた此《これ》なる五郎八に……」

半兵衛は、控えていた五郎八を示した。

「だ、旦那……」

五郎八は慌てた。

「そうか。五郎八、忝い……」

夏目は、五郎八に深々と頭を下げた。

「いえ、そんな。勿体《もったい》ない……」

五郎八は狼狽え、夏目に頭を下げた。

半兵衛は笑った。

鹿威しの音が甲高く響き渡った。


半兵衛と五郎八は、出て来た夏目屋敷を振り返った。

「初めてですぜ。盗みに礼を云われたのは……」

五郎八は首を竦めた。

「偶《たま》には良いものだろう」

半兵衛は笑った。

「ええ。まあ……」

五郎八は苦笑した。

「ならば、五郎八。夏目屋敷の見張りは、此で仕舞いだ」

「じゃあ、大安寺の生臭坊主を……」

「ああ。お縄にするよ」

半兵衛は笑った。


牛込通寺町の『大安寺』は、静寂に覆われていた。

半次と音次郎は、物陰から見張り続けていた。

托鉢坊主の竜安が訪れて以来、『大安寺』に出入りする者はいない。

浄海、海仙、茂造、北島丈一郎は、『大安寺』を動かずにいる。

「二人の浪人に続いて托鉢坊主の竜安。浄海の野郎、流石に怖気《おじけ》づきましたかね……」

音次郎は苦笑した。

「いや。怖気づいたと云うより、相手の出方を窺っているのだろう」

半次は読んだ。

「人の弱味に付け込む、抜け目のない奴らですか……」

「ああ。一筋縄じゃあいかないさ」

半次は苦笑した。

「親分、半兵衛の旦那と五郎八の父っつあんですぜ」

音次郎は、神楽坂からやって来る半兵衛と五郎八に気が付いた。


半兵衛は、半次と音次郎に葵の御紋の入った古い印籠を夏目家に返した事を報せた。

「そうですか……」

半次と音次郎は頷いた。

「で、浄海を偽坊主の強請者、托鉢坊主の竜安を殺したとしてお縄にするよ」

半兵衛は告げた。

「承知……」

半次と音次郎は頷いた。

「じゃあ、先ずは海仙と茂造をお縄にする」

「手立ては……」

「これから五郎八に忍び込んで貰う……」

「えっ……」

五郎八は狼狽えた。

「隙間風のようにな……」

半兵衛は笑った。


浄海は、用心棒の北島丈一郎を身近に置いて警戒をしながら酒を飲んでいた。

「して、和尚。二人の浪人に続いて托鉢坊主。差し向けたのが何者か、割り出せたか……」

北島は酒を飲んだ。

「うむ。おそらく旗本の松崎内蔵助だろう」

浄海は読んだ。

「夜烏《よがらす》の喜十《きじゅう》に御禁制の南蛮《なんばん》宝石、紅玉《こうぎょく》や青玉《せいぎょく》を盗まれた旗本か……」

「ああ。それを三百両で買い取れと強請を掛けた相手だ……」

浄海は、腹立たし気に告げた。

「そうか。ならば、夏目家の印籠がなくなったのは、どう思っているのだ」

「さあて、盗人でも忍び込んだのか。北島さん、そろそろ潮時、一度、手仕舞いする時なのかもしれぬ……」

浄海は苦笑し、酒を飲んだ。

海仙と茂造は、庫裏の囲炉裏端で酒を飲みながら賽子遊《さいころ》びをしていた。

奥に続く戸口に黒い人影が過ぎった。

「うん……」

海仙が眉をひそめた。

「どうした……」

「誰か通った気配が……」

「和尚と北島さんは方丈の座敷だ。気のせいだろう」

茂造は、酒を飲みながら賽子を転がした。

「うん。ま、ちょいと見て来る」

海仙は、奥の戸口に向かった。

奥の戸口を出ると、方丈に続く廊下と本堂に行く廊下がある。
海仙は、方丈に続く廊下を見た。
方丈に続く廊下には、人気はなかった。
海仙は見定め、本堂に向かった。

本堂は薄暗く、様々な仏像が並んでいた。
海仙は本堂に入って、並ぶ仏像を見廻した。
並ぶ仏像の間には、海仙を見詰めている五郎八の顔があった。
海仙は、五郎八の視線に気が付き、並ぶ仏像を怪訝に見た。
五郎八は、顔の皺《しわ》を深くして笑った。
不気味な笑いだった。
海仙は驚いた。
刹那、音次郎が物陰から飛び出して海仙に襲い掛かった。
海仙は叫ぼうとした。
音次郎は、海仙を十手で殴り飛ばした。

海仙は、叫ぶ暇もなく気を失って倒れた。

音次郎は、気を失って倒れた海仙に素早く捕り縄を打った。


庫裏の腰高障子が叩かれた。

茂造は、賽子を転がして腰高障子を見た。

腰高障子に人影は映っていなかった。

「気のせいか……」

茂造は、怪訝な面持ちで酒を飲んだ。

腰高障子が再び叩かれた。

「何方《どなた》ですかい……」

茂造は声を掛けた。だが、返事はなかった。

茂造は眉をひそめ、匕首《あいくち》の柄を握り締めて土間に下り、腰高障子に向かった。

そして、油断なく腰高障子を開けた。

「こっちだ……」

刹那、奥に続く戸口に五郎八が現れた。

茂造は振り返った。

次の瞬間、開けた腰高障子から半次が現れ、茂造の後《うし》ろ襟《えり》を鷲摑《わしづか》みにして外に引《ひ》き摺《ず》り出した。

茂造は、外に仰向《あおむ》けに引き摺り倒された。

半次が、倒れた茂造の顔を鋭く蹴り飛ばした。

茂造は鼻血を飛ばした。

音次郎が飛び掛かり、匕首を握る腕を押さえて十手で厳しく打ち据えた。

五郎八が飛び出し、腰高障子を閉めた。

半次と音次郎は、茂造を厳しく打ちのめして捕り縄を打った。

「上首尾、上首尾……」

五郎八は、楽し気に笑った。


北島丈一郎は、猪口《ちょこ》を置いて庭を見た。

庭に半兵衛が現れた。

浄海は身構えた。

「やあ。強請屋の浄海と用心棒の北島丈一郎だね」

半兵衛は笑い掛けた。

「おぬし……」

北島は、浄海を庇うように立った。

「北町奉行所の白縫半兵衛。強請と托鉢坊主の竜安殺しでお縄にする。神妙にするんだね」

半兵衛は告げた。

「黙れ……」

北島は、庭に下りて刀を抜いた。

「やるか……」

半兵衛は、不敵な笑みを浮かべた。

北島は、刀を構えて半兵衛に近寄った。

浄海は、座敷から逃げようと後退《あとずさ》りした。

「盗品で強請を働く偽坊主か……」

五郎八が、半次や音次郎と背後に現れた。

「手前ら……」

浄海は、怒りに顔を醜く歪めた。

「海仙と茂造はお縄にした。大人しくしな」

半次は、浄海を厳しく見据えた。

「おのれ……」

北島は、既に逃げ道がないのに気が付き、焦りと怒りを交錯《こうさく》させた。

「北島、もう用心棒として護《まも》るべき者はいない。無駄な真似は好い加減にするんだな」

半兵衛は告げた。

「好い加減にした処で打《う》ち首獄門《くびごくもん》……」

北島は、半兵衛に鋭く斬り掛かった。

半兵衛は、跳《と》び退《の》いて躱《かわ》した。

北島は、間合いを詰めて二の太刀、三の太刀を放った。

半兵衛は跳び退き続け、土塀の前の植込みに追い詰められた。

「此迄《これまで》だ……」

北島は、嘲笑を浮かべて半兵衛に斬り掛かった。

刹那、半兵衛は鋭く踏み込み、刀を抜き打ちに一閃した。

煌めきが瞬《また》いた。

北島は、腹から胸元を斬り上げられた。

半兵衛は、返す刀を袈裟《けさ》に斬り下げた。

北島は、呆然《ぼうぜん》とした面持ちで血を振り撒き、棒のように倒れた。

田宮流抜刀術《たみやりゅうばっとうじゅつ》の鮮やかな一刀だった。

五郎八は眼を丸くした。

半次は、倒れた北島に駆け寄ってその死を見定めた。

「打ち首獄門より斬り死にを選ぶか……」

半兵衛は、刀に拭いを掛けて鞘《さや》に納めた。

「儂《わし》は僧侶だ。僧侶は寺社奉行支配。町奉行所のお縄は受けぬ」

浄海は喚《わめ》いた。

「浄海。お前はとっくに僧籍を剝奪《はくだつ》された強請者。心配無用だ……」

半兵衛は笑った。

盗人隙間風の五郎八が持ち込んだ葵の紋所の入った古い印籠の一件は終わった。

浄海は、海仙や茂造と死罪に処せられた。

事を始末した。

半兵衛は、忠左衛門と相談して旗本の夏目竜之進や松崎内蔵助の名を出さずに事を始末した。


半兵衛は、半次や音次郎と囲炉裏端で鳥鍋を食べながら酒を飲んだ。

「夏目さまはともかく、浪人や始末屋を放った松崎さまは良いんですか……」

音次郎は拘《こだわ》った。

「音次郎、そいつを云うと五郎八の父っつあんも放って置けないぜ」

半次は苦笑した。

「あ、そいつは拙いですね……」

音次郎は気が付いた。

「音次郎。ま、世の中には私たち町奉行所の者が知らん顔をした方が良い事があるって奴だな……」

半兵衛は酒を飲んだ。

「それにしても五郎八、今夜も何処かの屋敷に忍び込もうとしているんですかね」

半次は読んだ。

「うん。きっとな……」

「でも、そろそろ足を洗った方が……」

「ああ。良いに決まっているさ……」

半兵衛は苦笑した。

隙間風が吹き抜け、囲炉裏の火は揺れた。


夜空に嚔《くしゃみ》が響いた。

盗人姿の五郎八は、土塀沿いに置かれた用水桶《ようすいおけ》の陰に身を縮めて嚔をしていた。

「くそっ。誰かが、俺の噂でもしていやがるのか……」

五郎八は鼻水を啜り、悪態をつきながら嚔を連発した。

何処かで犬が吠《ほ》えた。

「冗談じゃあねえ。今夜は仕事にならねえぜ」

五郎八は、老顔をくしゃくしゃにして大きな嚔を夜空に響かせた。

第三話　律義者

一

朝。

北町奉行所には、様々な人が忙《いそが》しく出入りしていた。

臨時廻り同心の白縫半兵衛は、岡っ引の本湊の半次、下っ引の音次郎を門番所脇の腰掛に待たせ、同心詰所に急いだ。

当番同心に顔を見せ、吟味方与力の大久保忠左衛門に面倒な事を押し付けられぬ内に市中見廻りに出掛ける。

それが、半兵衛の狙いだった。

「おはよう……」

半兵衛は、同心詰所の当番同心に顔を見せて出ようとした。

「待て、半兵衛……」

忠左衛門が、奉行所内に続く戸口に現れた。

わっ……。

半兵衛は、己の目論見《もくろみ》が崩れた事を知った。

「此《これ》は大久保さま、今朝も御機嫌麗《うるわ》しく……」

半兵衛は、何とか逃れようとした。

「挨拶無用。儂《わし》の用部屋に参れ」

忠左衛門は、筋張った細い首を伸ばして遮《さえぎ》り、己の用部屋に向かった。

半兵衛は、深々と溜息を吐《つ》いた。

当番同心は、声を押し殺して笑った。

半兵衛は睨《にら》んだ。

当番同心は、慌てて笑い声を飲み込んで俯《うつむ》いた。

「どうした、半兵衛……」

忠左衛門の声が響いた。

「只今《ただいま》……」

半兵衛は、重い足取りで忠左衛門の用部屋に向かった。

当番同心は、声を上げずに身体を揺らして笑い続けた。

「成島兵部《なるしまひょうぶ》さまですか……」

半兵衛は訊き返した。

「左様《さよう》、小日向《こびなた》に屋敷のある四百石取りの旗本で、儂の学問所以来の友でな。うむ」

忠左衛門は、筋張った細い首で己の言葉に頷《うなず》いた。

「はあ。その成島兵部さまがどうかしましたか……」

「うむ。昨夜、屋敷に参ってな。一人娘の婿《むこ》で成島家当主の平四郎《へいしろう》が過日、屋敷を出たまま戻らないそうでな」

忠左衛門は、長い白髪眉《しらがまゆ》を寄せて囁《ささや》いた。

「戻らない……」

半兵衛は眉をひそめた。

「うむ……」

「当主の平四郎さん、成島家の婿養子なんですか……」

「左様。元々平四郎は、二百五十石取りの旗本、村川《むらかわ》家の部屋住《へやず》みでな。二十年前に一人娘の静乃《しずの》の婿となって成島家に入り、兵部が隠居《いんきょ》して家督《かとく》を継いだ。それから二十年。十六歳になった孫の恭一郎《きょういちろう》を元服《げんぷく》させ、漸《ようや》く一息ついた時だと云うのに……」

忠左衛門は、筋張った細い首を捻《ひね》った。

「出掛けたまま戻らないのですか……」

「うむ。それ故、兵部は平四郎の身に何かあったのかと心配し、騒ぎ立てずに秘かに調べて貰いたいとな」

「成《な》る程《ほど》……」

騒ぎ立てて公儀に知れれば、どのような咎《とが》めを受けるか分からない。

成島兵部は、それを恐れていた。

「それで、身元不明の仏の中に成島平四郎がいるかどうか調べたのだが……」

「いませんでしたか……」

半兵衛は読んだ。

「うむ。どうだ、半兵衛。成島平四郎捜し、やってくれるか……」

忠左衛門は、半兵衛に向かって筋張った細い首を伸ばした。

「やるしかありますまい……」

半兵衛は苦笑した。

忠左衛門の頼みは、命令に他ならない。

「その通りだ」

忠左衛門は、筋張った細い首で頷いた。

「ならば、成島家について……」

半兵衛は、覚悟を決めた。


神田川には猪牙舟《ちょきぶね》が行き交った。

半兵衛は、半次と音次郎に旗本の成島平四郎の一件を話しながら神田川沿いを進み、水戸《みと》藩江戸上屋敷の前を抜け、江戸川に向かった。

江戸川は関口《せきぐち》の大洗堰《おおあらいぜき》から小日向を抜け、牛込の外濠に流れ込む。

半兵衛、半次、音次郎は、江戸川に架かっている立慶橋《りゅうけいばし》を渡った。そして、江戸川の西岸の道を進んだ。

「じゃあ、その成島平四郎さま、村川家の部屋住みから成島家の娘の婿になり、家督を継いで二十年。嫡男《ちゃくなん》を元服させて行方知れずになったんですか……」

音次郎は眉をひそめた。

「うん……」

半兵衛は頷いた。

「そして、出掛けたまま帰って来ない。何かあったんですかね」

半次は首を捻った。

「さあてねえ……」

半兵衛は、小さな笑みを浮かべた。

「平四郎さま、どんな人柄なんですかね」

半次は訊いた。

「その辺だね……」

半兵衛は頷き、中《なか》の橋《はし》の袂《たもと》を通った。

「小日向の馬場は此《こ》の先です。此の辺りですよ。成島家の屋敷は……」

半次は告げた。

「うん……」

半兵衛は立ち止まり、小日向の切絵図を出して、小日向の馬場の近くに成島屋敷を探した。

成島屋敷は、小日向の馬場の手前にあった。

「此の先だね……」

半兵衛は進んだ。

半次と音次郎は続いた。


旗本屋敷は表門を閉め、静けさに覆《おお》われていた。

「此処ですかね……」

半次は、静かな旗本屋敷を眺《なが》めた。

「うん。間違いないと思うが……」

半兵衛も旗本屋敷を眺めた。

「旦那、親分……」

音次郎が駆け寄って来た。

「界隈《かいわい》に出入りしている米屋の手代に訊いたんですが、やっぱり此処が成島さまの屋敷だそうですよ」

音次郎は、半兵衛と半次が眺めていた旗本屋敷を示した。

「そうか。じゃあ、半次と音次郎は、近所にそれとなく聞き込みを掛け、成島家の評判と平四郎の人柄をな。私は成島家の隠居に逢って来る」

半兵衛は、互いの手筈《てはず》を決めた。

成島屋敷は静けさに満ちていた。

半兵衛は、座敷に通されて隠居の成島兵部と向かい合った。

成島兵部は、大久保忠左衛門と若い頃からの友と云うだけあり、頑固《がんこ》で性急な面構《つらがま》えをしていた。

おそらく成島家は、当主の平四郎より隠居の兵部が取り仕切っている。

半兵衛は読んだ。

「忠左衛門配下の白縫半兵衛か……」

「はい。御当主平四郎どのについて少々お聞きしたい事がありましてね」

「うむ。儂の知っている事であれば……」

「ならば、お聞きしますが、平四郎どの、今迄《いままで》に今度のような事は……」

「ない……」

兵部は、半兵衛の言葉を遮るように否定した。

「そうですか。して、此度《こたび》は何処に行くと仰《おつしや》って出掛けたのですか……」

「儂は知らぬが、平四郎の妻、儂の娘の話では、人に逢いに行くと云って出掛けたそうだ」

「人と逢うと……」

「左様。だが、何処の誰か迄は云っていなかった……」

兵部は告げた。

「ならば、平四郎どのが親しくしていた方は御存知ありませんか……」

半兵衛は尋ねた。

「うむ。儂が知る限りでは、学問所仲間の相良伊織《さがらいおり》と剣術仲間の矢野宗十郎《やのそうじゅうろう》ぐらいだ」

「相良伊織どのと矢野宗十郎どのの御屋敷は何処ですか……」

「相良伊織は浜町、矢野宗十郎は下谷練塀小路《したやねりべいこうじ》だと聞いている。二人の処《ところ》には、直《す》ぐに人を走らせたが、平四郎の事は何も知らぬとな」

「ならば、平四郎どのの御実家の方は……」

「村川家は平四郎の兄が既に亡くなり、甥《おい》が家督を継いでおり、昔を知る奉公人もおらず、何も知らぬそうだ」

「そうですか……」

兵部は兵部なりに、平四郎を捜したのだ。

半兵衛は知った。

「して、御隠居さま。平四郎どのは婿、成島家当主として如何《いかが》でしたか……」

「うむ。平四郎は真面目で地味な男だが、成島家の婿養子としては、良くやってくれた」

兵部は、平四郎を誉《ほ》めた。

「そうですか……」

半兵衛は、微《かす》かな戸惑いを覚えた。

「うむ。成島家を守り、嫡男恭一郎を立派に育て、無事に元服させた。此で成島家は安泰、文句の付けようもない婿養子だ」

兵部の平四郎を誉める言葉には嘘偽りはないようだ。

平四郎は、成島家にとって舅《しゅうと》の兵部も誉める立派な婿養子だったのだ。

半兵衛の覚えた微かな戸惑いは、何故か違和感になっていった。


半次と音次郎は、成島屋敷の周囲の旗本屋敷の中間や下男たち奉公人にそれとなく聞き込みを掛けた。

「成島家のお殿さまですか……」

裏の旗本屋敷の中間は、半次に渡された小銭を握り締めた。

「うん。どんなお人か知っているかい……」

半次は訊いた。

「そりゃあもう、穏やかで奉公人にも親しく声を掛けてくれるお方でしてね」

「へえ、そんなお人ですか……」

「ええ。頑固な御隠居さまを相手に良くやっていますよ」

「そうか……」

「じゃあ、成島屋敷は揉《も》め事《ごと》もなく、和気あいあいですか……」

音次郎は訊いた。

「ええ。御隠居さまの小言を我慢すれば、奉公し易い御屋敷のようですよ」

中間は笑った。

「成島家、取り立てて変わった事のない、静かなお屋敷って訳だ……」

半次と音次郎は知った。


江戸川の流れは煌《きら》めき、小日向の馬場には微風《そよかぜ》が吹き抜けていた。

半兵衛は、半次や音次郎と落ち合った。

「そうか。成島屋敷と平四郎さん、近所の屋敷の奉公人たちの評判は良いか……」

「はい。誰に訊いても殆《ほとん》ど同じでしてね。で、平四郎さまがいなくなった事は知らないようですぜ」

半次は告げた。

「そうか……」

隠居の兵部は、家来や奉公人たちに厳しい箝口令《かんこうれい》を敷いたのだ。

半兵衛は知った。

「で、旦那の方は……」

「そいつが、隠居の兵部さまも平四郎さんの事は誉めていてね」

「平四郎さまが出て行く程の揉め事もありませんか……」

半次は読んだ。

「ああ。今の処、成島屋敷に出て行くような事があったとは思えないな……」

「そうですか……」

半兵衛は見定めた。

「だが、何もないのが、逆に気になるな」

半兵衛は、隠居の兵部と逢って覚えた微かな違和感を思い出した。

「で、此からどうします」

音次郎は、半兵衛の出方を窺った。

「うん。平四郎さんが親しくしている友が浜町と下谷練塀小路にいる。その辺り
を当たってみるか……」

半兵衛は、平四郎の友の相良伊織と矢野宗十郎に逢う事にした。


浜町堀には猪牙舟の櫓《ろ》の軋《きし》みが響いていた。

半兵衛は、半次や音次郎と浜町堀の堀端通りから久松町《ひさまつちよう》に曲がった。

その先には旗本御家人の屋敷が連なり、大名家の屋敷などもあった。

半兵衛は、平四郎と学問所以来の友である相良伊織の屋敷を訪れた。


相良伊織は、半兵衛、半次、音次郎を庭先に通して茶を出した。

半兵衛、半次、音次郎は、縁側《えんがわ》に腰掛けて茶を飲んだ。

「そうですか、平四郎、成島屋敷に戻らないのか……」

相良伊織は茶を啜《すす》った。

「ええ。相良さんには、平四郎さんが何処に行ったか、心当たりはありませんか

……」

半兵衛は尋ねた。

「さあて、何処に行ったかなど……」

相良は苦笑した。

「相良さん、心当たりですよ」

「心当たり……」

「ええ。若い頃からの平四郎さんを考えると、ひょっとしたらと思える処です」

半兵衛は、相良に笑い掛けた。

「ひょっとしたらと思える処……」

相良は、戸惑いを浮かべた。

「ええ……」

半兵衛は頷いた。

「白縫さん……」

「舅の隠居とも上手く行っており、嫡男も無事に元服させ、平穏な成島家を己から出て行く理由はない……」

半兵衛は読んだ。

「ならば、何者かに……」

「恨《うら》みを買い、連れ去られたのか……」

半兵衛は、相良の読みを誘った。

「いや。平四郎は穏やかな人柄、誰かに恨みを買う事などあり得ぬ」

相良は、半兵衛の誘いを否定した。

「やはり、そう思いますか……」

半兵衛は苦笑した。

「ええ……」

「ならば……」

「某《それがし》には分からぬ……」

相良は茶を飲み干し、僅《わず》かに眉を曇らせた。

半兵衛は、相良が僅かに眉を曇らせたのを見逃さなかった。


「結局、何も分かりませんでしたね……」

音次郎は、出て来た相良屋敷を振り返った。

「さあて、そいつはどうかな……」

半兵衛は苦笑した。

「旦那……」

音次郎は戸惑った。

「半次、音次郎、相良が動くかもしれない」

半兵衛は告げた。

「えっ……」

半次と音次郎は、怪訝《けげん》な面持ちで半兵衛を見詰めた。

「ちょいと見張ってみるよ」

半兵衛は命じた。

「はい……」

半次と音次郎は頷いた。


四半刻（三十分）が過ぎた。

半兵衛は、半次や音次郎と相良屋敷を見張っていた。

相良伊織が屋敷から出て来た。

「旦那……」

半次は、相良を示した。

「うん……」

やはり、相良伊織は、成島平四郎の行き先に何か心当たりがあるのだ。

半兵衛は睨んだ。

「旦那の睨み通りですね」

音次郎は感心した。

相良は、屋敷を出て東に向かった。

「さあ、尾行《つけ》るよ」

「じゃあ、あっしが先に行きます。旦那は音次郎と後から来て下さい」

「うん……」

半兵衛は頷いた。

半次は、相良を尾行た。

半兵衛と音次郎は続いた。

相良は、武家屋敷街を東に進んだ。

東には薬研堀《やげんぼり》があり、大川《おおかわ》が流れ、両国広小路《りょうごくひろこうじ》が続いている。

相良伊織は、薬研堀の手前の道を横山同朋町《よこやまどうぼうちよう》に進み、両国広小路に抜けた。

半次は尾行た。

両国広小路は賑《にぎ》わっていた。

相良は、両国広小路を浅草御門に進んだ。

半次は、慎重に尾行た。

半兵衛と音次郎は続いた。

二

浅草御門は神田川に掛かっており、蔵前《くらまえ》の通りは浅草広小路に続いている。

相良伊織は、新堀川《しんぼりがわ》に架かっている橋を渡り、公儀の浅草御蔵の前を抜けて蔵前の通りを進んだ。

半次は、巧みに尾行た。

半兵衛と音次郎は、半次の後ろ姿を追った。

蔵前通りの浅草広小路寄りに駒形堂《こまがたどう》がある。

相良伊織は、駒形堂の前で三間町《さんげんちよう》の間の通りに曲がった。

半次は続いた。

「旦那……」

「うん……」

半兵衛と音次郎は、足取りを速めた。

「相良さん、何処に行くんですかね」

「おそらく、成島平四郎に拘《かか》わりのある処だ」

半兵衛は睨んだ。

相良は、通りを進んだ。

やがて、通りの先に東本願寺《ひがしほんがんじ》の伽藍《がらん》が見えて来た。


東本願寺の境内《けいだい》には、僧侶たちの読経《どきょう》が聞こえていた。

相良伊織は、山門前にある茶店に入った。

そして、茶店の亭主に茶を頼んで縁台に腰掛けた。

茶店は、茶や団子の他に墓に供える香華《こうげ》も売っていた。

半次は、茶店の縁台で運ばれた茶を飲む相良を物陰から見守った。

「半次……」

半兵衛と音次郎がやって来た。

「あの茶店に……」

半次は、茶店で亭主と言葉を交わしながら茶を飲んでいる相良を示した。

「うん……」

半兵衛は見詰めた。

相良は、茶店の亭主と何やら話を続けていた。

僅かな刻が過ぎた。

相良は、茶を飲み干し、亭主に言葉を掛けて茶店を出た。そして、山門脇を流れる新堀川に架かっている菊屋橋《きくやばし》を渡り、川沿いの道を北に進んだ。

「半次、音次郎、追ってくれ。私は茶店の亭主に相良と何を話したか訊いてから行く」

半兵衛は告げた。

「承知。じゃあ、音次郎……」

「はい……」

半次と音次郎は、相良を追った。

半兵衛は、茶店に向かった。

「邪魔をする……」

半兵衛は、茶店の亭主に声を掛けた。

「此は、いらっしゃいませ」

亭主は、巻羽織《まきばおり》の半兵衛を迎えた。

「ちょいと尋ねるが、今、来ていた侍、何を尋ねていたのかな……」

半兵衛は尋ねた。

「えっ……」

「迷惑はかけないよ」

「いえ、はい。あのお侍さまは、以前、此の茶店を営《いとな》んでいた彦六《ひころく》さん夫婦と娘のおみなさんの行方をお尋ねになりましたが……」

「以前、此の茶店を営んでした彦六夫婦と娘のおみな……」

半兵衛は眉をひそめた。

「はい。今、何処にいるかと……」

亭主は告げた。

「うん。何処にいるのかな」

半兵衛は訊いた。

「彦六さん夫婦は入谷で暮らしていましたが、もう亡くなった聞いております」

「ならば、娘のおみながいるのか……」

「さあ、おみなさんはもう四十近く。とっくに嫁に行って、いないと思いますが……」

亭主は告げた。

「うむ……」

半兵衛は頷いた。

だが、相良伊織は入谷に行った。

半兵衛は、新堀川沿いを北に進んで行った相良の行き先を入谷と読んだ。

相良伊織は、おみなを捜しているのだ。

ひょっとしたら、おみなは成島平四郎と拘わりがあるのかもしれない。

半兵衛は読んだ。


入谷鬼子母神の境内では、幼子たちが楽し気に遊んでいた。

相良伊織は、入谷の自身番を訪れ、店番に何事かを尋ね始めた。

半次と音次郎は、物陰から見守った。

「何を訊いているんですかね」

「さあな……」

店番は、町内名簿らしきものを捲《めく》り、鬼子母神の方を指差した。

相良は頷き、自身番を離れて鬼子母神に向かった。

半次と音次郎は尾行ようとした。

「半次、音次郎……」

半兵衛がやって来た。

「音次郎、先に行きな」

半次は命じた。

「合点《がってん》です」

音次郎は、相良を尾行た。

「自身番で何か尋ねましたよ」

半次は報せた。

「きっと、東本願寺門前の茶店の以前の持ち主、彦六の住まいだ」

半兵衛と半次は、言葉を交わしながら音次郎に続いた。

「彦六の住まい……」

「うん。彦六は既に死んでいるそうだが、娘のおみながいるかもしれない」

「娘のおみな……」

半次は眉をひそめた。

「うむ。娘と云っても、今はもう四十近いそうだがね」

「相良さん、そのおみなを捜しているんですかね」

半次は読んだ。

「うむ。だとしたら、成島平四郎と拘わりがあるのかもな」

「ええ……」

半次は頷いた。

音次郎は、相良を尾行て鬼子母神の裏手に入って行った。

半兵衛と半次は追った。


鬼子母神の裏には町家が連なっていた。

相良伊織は、町家の連なりの路地に入って行った。

音次郎は、路地の入口から見送った。

半兵衛と半次が駆け寄って来た。

「此の路地の奥に……」

音次郎は、路地を示した。

「うん……」

半兵衛と半次は、路地の奥を覗いた。

相良は、路地の奥の井戸端で中年のおかみさんたちと話をしていた。

「何を訊いているんですかね……」

音次郎は、首を捻った。

「おそらく、おみなって女の事だ……」

半兵衛は読んだ。

「おみな……」

音次郎は眉をひそめた。

「うん。相良は、おみなって女が成島平四郎の動きに何か拘わりがあると思っているようだ」

半兵衛は、音次郎に己の睨みを告げた。

「成島さんと……」

「うん。少なくとも、相良はそう思っておみなを捜している筈だ」

「半兵衛の旦那……」

半次が身を引いた。

半兵衛と音次郎は、素早く身を隠した。

相良は、中年のおかみさんたちに礼を云って路地から出て来た。そして、路地の入口で溜息《ためいき》を吐いて下谷広小路の方に向かった。

「さあて、次は何処に行くのか……」

音次郎は、相良を見送った。

「よし。今度は私と音次郎が追う、半次は相良がおかみさんたちに何を訊いたかをな……」

半兵衛は差配《さはい》した。

「承知しました……」

「うん。じゃあ、音次郎……」

「合点です」

音次郎が相良を追い、半兵衛が続いた。

半次は見送り、路地の奥の井戸端にいる中年のおかみさんたちの許に向かった。

「やあ。ちょいと邪魔するよ」

半次は、中年のおかみさんたちに懐《ふところ》の十手を見せた。

「あら、親分さん……」

中年のおかみさんたちは、半次に怪訝な眼を向けた。

「今のお侍、何を訊きに来たんですかい……」

半次は尋ねた。

「ああ、今のお侍なら、昔、此処に住んでいたおみなさんって人の事を訊きに来たんですよ」

中年のおかみさんは告げた。

「おみなさんですか……」

「ええ。おみなさん、二十年近く前に、お父っつあんやおっ母さん、それに小さな娘と此の家で暮らしていましてね……」

井戸端の傍の小さな家を示した。

「小さな娘……」

半次は眉をひそめた。

「ええ。おみなさんの子供ですよ」

「おみなさん、子供がいたんですか……」

半次は驚いた。

「ええ。二歳程のおちよ、おちよちゃんて可愛い女の子ですよ」

「二歳程のおちよ……」

半次は、おみなにおちよと云う二歳程の女の子がいたのを知った。

「で、おみなさん、今は何処に……」

「さあ、お父っつあんの彦六さんとおっ母さんが亡くなってから、おちよちゃんを連れて出て行きましてね。今、何処にいるのかは、ねえ……」

中年のおかみさんたちは、首を捻って頷き合った。

「分からないか……」

半次は、吐息混じりに頷いた。

忍川《しのぶがわ》は不忍池から三味線堀《しゃみせんぼり》に抜け、鳥越川《とりごえがわ》となって大川に流れ込んでいる。

相良伊織は、忍川に架かっている小橋を渡って下谷練塀小路に入った。

音次郎は尾行た。

半兵衛は続いた。

行き先は御家人の矢野宗十郎の屋敷……。

相良伊織は、成島平四郎が己の他に親しくしている剣術仲間の矢野宗十郎の屋敷に向かっている。

半兵衛は睨んだ。


相良伊織は、下谷練塀小路に連なる組屋敷の一軒の木戸門を潜った。

音次郎は見届けた。

「此処に入ったかい……」

半兵衛がやって来た。

「はい。誰の屋敷ですかね」

音次郎は、組屋敷を眺めた。

「おそらく矢野宗十郎の屋敷だ」

「矢野宗十郎さんですか……」

「うん。ちょいと確かめて来な」

半兵衛は、辻で店を開いている行商の鋳掛屋《いかけや》を示した。

「合点です」

音次郎は、鋳掛屋に駆け寄って行った。

半兵衛は、組屋敷の様子を窺った。

組屋敷は静かだった。

音次郎が駆け戻って来た。

「旦那。睨み通り、矢野宗十郎さんの組屋敷でしたよ」

音次郎は報せた。

「うん……」

相良伊織は、成島平四郎を捜しあぐね、やはり友の矢野宗十郎を訪れたのだ。

夕陽が沈み始めた。

相良伊織が、体格の良い中年の武士に見送られて組屋敷の木戸門から出て来た。

半兵衛と音次郎は見守った。

「ならば宗十郎、平四郎から何か繋《つな》ぎがあったら直ぐに報せてくれ」

「心得た。伊織も頼む……」

「うむ。ではな……」

相良は、矢野宗十郎と挨拶を交わして下谷練塀小路を神田川に向かった。

「旦那……」

「どうやら、矢野宗十郎の処にも成島平四郎からの繋ぎ、何もないようだね」

半兵衛は読んだ。

「はい。で、どうします」

「きっと、浜町の屋敷に帰るのだろうが、見届けるよ」

半兵衛と音次郎は、相良伊織を追った。

夕陽は、下谷練塀小路を赤く染めて沈んでいく。


囲炉裏の火は燃えた。

半兵衛、半次、音次郎は、買って来た煮物や稲荷寿司《いなりずし》などを食べながら酒を飲んだ。

「相良伊織、やはりおみなを捜しているか……」

半兵衛は酒を飲んだ。

「はい。それで旦那、おみなは二親《ふたおや》が死んだ後、おちよって小さな女の子を連れて引っ越しましてね。今は何処にいるか分からないそうです」

半次は告げた。

「おちよ……」

半兵衛は眉をひそめた。

「はい。おみなの子で、当時二歳程だったと云いますから、今は二十歳を過ぎたぐらいですか……」

半次は読んだ。

「そうか。おみなにそんな娘がいたのか……」

半兵衛は知った。

「ええ。あっしも驚きました」

「して、おちよの父親は誰だ」

半兵衛は尋ねた。

「さあ、入谷で暮らしていた時には、父親らしき男はいなかったようです」

半次は、首を捻った。

「父親らしき男はいなかった……」

半兵衛は、厳しさを滲《にじ》ませた。

「はい……」

　半次は頷いた。

「何《いず》れにしろ、おみなの行方だな……」

　半兵衛は睨んだ。

「ええ……」

「おみな、東本願寺門前の親の茶店の他に何処かで働いた事はなかったのかな」

　半兵衛は、酒を飲んだ。

「さあて、何分《なにぶん》にも二十年も昔の話ですから、はっきりしない事が多くて……」

　半次は、微かな苛立《いらだ》ちを過《よ》ぎらせた。

「二十年前と云うと、成島平四郎は村川家の部屋住みで成島家に婿入りする頃だな」

「ええ。旦那、ひょっとしたら成島平四郎さん、村川平四郎さんの頃におみなと知り合いだったのかもしれませんね」

　半次は読んだ。

「うん。かもしれないが、そいつを知っているのは、友の相良伊織と矢野宗十郎か……」

半兵衛は睨んだ。

「だが、二人は何も喋《しゃべ》りませんか……」

「うん。きっとな……」

半兵衛は、囲炉裏に柴《しば》を焼《く》べた。

囲炉裏に焼べた柴が爆《は》ぜ、火の粉が飛び散った。


廻り髪結の房吉は、半兵衛の日髪日剃《ひがみひぞり》を手際良く進めた。

半兵衛は、心地好さに眼を瞑《つぶ》っていた。

「旦那、根津の博奕打《ばくちう》ちの貸元《かしもと》が斬られ、一家が潰されたって噂《うわさ》、御存知ですか……」

房吉は、半兵衛の髷《まげ》を結いながら話し始めた。

「ほう。根津の博奕打ちの貸元が斬られ、一家が潰されたか……」

半兵衛は苦笑した。

「ええ。悪辣《あくらつ》な奴らですから、近所の者たちも喜んでいるそうですぜ」

「やったのが誰か、分かっているのかい……」

「そいつが、中年の侍と云うぐらいしか……」

「中年の侍……」

半兵衛は、瞑っていた眼を開いた。

「ええ。不意に現れ、貸元を一太刀で斬り棄て、死にたくなければ散れと博奕打ち共に命じて立ち去ったそうですぜ」

「それで一家は潰れたか……」

「ええ。博奕打ち共が逃げ去り、一家離散って奴ですよ……」

房吉は苦笑した。

「殺された博奕打ちの貸元、賭場《とば》の他に何か悪事を働いていたのかな」

「詳しくは分かりませんが、きっと……」

房吉は頷いた。

「それにしても中年の侍、かなり腹の据わった遣《つか》い手《て》だね」

半兵衛は読んだ。

「ええ。物静かで落ち着いていたそうですよ」

房吉は、髷を結って元結《もとゆい》を鋏《はさみ》で切った。

「物静かな中年の侍か……」

半兵衛は眉をひそめた。

半兵衛は、半次に相良伊織の見張りを命じ、音次郎を従えて根津に向かった。

物静かな中年の侍……。

半兵衛は、根津の博奕打ちの貸元を斬り棄てた物静かな中年の侍が気になった。

物静かで穏やかな人柄……。

半兵衛には、物静かな中年の侍が成島平四郎の人柄と重なるように思えた。

藁《わら》にも縋《すが》る思いだ……。

半兵衛は苦笑した。

「根津の博奕打ちの貸元ですか……」

音次郎は眉をひそめた。

「ああ。知っているか……」

「はい。名前と噂だけは……」

音次郎は、半次の下っ引になる前迄は博奕打ちを気取っていた。

「どんな奴だ」

「根津の陣内《じんない》って貸元でしてね。金持ちの客が来ると、如何様《いかさま》博奕で借金漬けにして金を毟《むし》り取る質《たち》の悪い奴だそうですよ」

音次郎は吐き棄てた。

「それじゃあ、恨んでいる者も多いか……」

半兵衛は読んだ。

「きっと……」

音次郎は頷いた。

半兵衛は、音次郎を従えて根津権現門前の宮永丁《みやながちょう》に入った。

博奕打ちの貸元根津の陣内の家は、閉められた大戸が釘で打ち付けられていた。

「此処か……」

「ええ。大戸は釘が打たれていますよ」

「うん。よし、私は木戸番に行く。音次郎は根津の陣内がどんな悪辣な真似をしていたのかをな……」

「承知しました。じゃあ……」

音次郎は駆け去り、半兵衛は木戸番に向かった。

三

「どうぞ……」

根津権現門前宮永丁の木戸番の源助《げんすけ》は、縁台に腰掛けた半兵衛に茶を差し出した。

「やあ、造作を掛けるね……」

半兵衛は礼を述べ、茶を啜った。

「それで白縫さま、根津にお見えになったのは、博奕打ちの貸元の陣内の件ですか……」

木戸番の源助は、探りを入れて来た。

「うん。貸元の陣内、斬り殺されたそうだね」

「ええ。何でも子分の博奕打ちと家にいた処、音もなく入って来た中年の侍が、お前が貸元の陣内かと訊き、そうだと答えると、死んで貰うと、一太刀で斬り棄てたとか……」

源助は身震いした。

「ほう。落ち着いたものだな」

半兵衛は感心した。

「はい。で、子分共にさっさと立ち退け、さもなければ、陣内同様斬ると……」

「脅したか……」

「はい。ですが、怒鳴ったり、殴ったりせず、静かに云い聞かせた。そいつが妙に不気味で震え上がったとか……」

源助は眉をひそめた。

「物静かにね……」

「はい……」

「それで、子分共は逃げたか……」

「はい。所詮《しょせん》、義理も人情もない奴らですからね……」

源助は嘲笑《ちょうしょう》した。

「まあな。して、陣内を斬った中年の侍、何処の誰か分かったのか……」

半兵衛は尋ねた。

「そいつが白縫さま、根津界隈では見掛けないお侍だそうでしてね。知っている者はいないんですよ」

「そうか……」

「はい。町の者も陣内が斬られたのを喜んでいましてね。万が一、知っている者がいた処で、お上に報せる者はいないかもしれません」

源助は、半兵衛に探るような眼を向けた。

「ま、そんな処だろうね」

半兵衛は苦笑した。


根津権現境内には参拝客が行き交っていた。

音次郎は、根津権現境内にいた遊び人や地廻《じまわ》りに聞き込みを掛けていた。

「根津の陣内の貸元かい……」

遊び人は、嘲《あざけ》りを浮かべた。

「うん。斬られたって話だが、恨みかな」

「ま、そんな処だろうな」

遊び人は頷いた。

「金持ちの客を如何様博奕で借金漬けにして、身代《しんだい》を搾《しぼ》り取《と》っているか……」

「ああ。質の悪い博奕打ちの貸元なら誰でもやっている事だが、陣内の貸元は容赦がないからな……」

「今も何処かの旦那がやられていたのかな……」

音次郎は訊いた。

「うん。噂じゃあ、谷中八軒町の茶問屋香露園《こうろえん》の若旦那を鴨《かも》にしているってな」

遊び人は嘲笑した。

「谷中八軒町の茶問屋香露園の若旦那……」

音次郎は眉をひそめた。

「ああ。初めて賭場に行った時に大勝ちさせて有頂天《うちようてん》にし、如何様で一気に借金地獄に逆落《さかお》とし。古い手口でも素人《しろうと》に良く効くって奴だぜ……」

「じゃあ、茶問屋の若旦那が侍を雇って貸元の陣内を……」

音次郎は読んだ。

「かもしれないが、本当の処は何も分からないさ……」

遊び人は笑った。

「ま、そうだな……」

音次郎は頷いた。

だが、探ってみる値打ちはある……。

音次郎は決めた。

「ほう。谷中八軒町の茶問屋の香露園の若旦那か……」

半兵衛は、厳しさを滲ませた。

「はい。陣内に借金漬けにされて店の身代を狙われ、侍を雇ったんじゃあ……」

音次郎は読んだ。

「うん。かもしれないな……」

半兵衛は眉をひそめた。

貸元の陣内を一太刀で斬り棄てた物静かな中年の侍は、金で雇われるような刺《し》客《かく》とは思えない。

もし、茶問屋『香露園』の若旦那が陣内殺しに拘《かか》わっているとなれば、中年の侍はその身近にいる者なのかもしれない。

半兵衛は、想いを巡らせた。

何れにしろ、根津から谷中は遠くはない。

「よし、谷中に行ってみるか……」

半兵衛は告げた。

浜町の相良屋敷から相良伊織が現れた。

やっと動く……。

半次は、相良を尾行《つけ》始めた。

相良は、浜町堀沿いの道を神田川に向かって進み始めた。

さあて、何処に行くのか……。

半次は、相良伊織を慎重に尾行た。

相良は、重い足取りだった。

気の進まない事をしに行くのか……。

半次は読み、戸惑いを覚えながら追った。


谷中は天王寺を始めとした寺の町であり、町方の地は少なかった。

半兵衛と音次郎は、谷中八軒町を進んだ。

「旦那、あそこですぜ」

音次郎は、行く手の大店《おおだな》を指差した。

大店は、茶問屋『香露園』の看板を掲げ、暖簾《のれん》を微風に揺らしていた。

「うん。香露園だ……」

半兵衛は立ち止まった。

茶問屋『香露園』には客が出入りしており、繁盛している様子を見せていた。

「さあて、どうします……」

音次郎は、半兵衛の指図を仰いだ。

「そうだねえ……」

茶問屋『香露園』を訪れ、若旦那が貸元の陣内に鴨にされ、中年の侍に始末を頼んだのかと尋ねる訳にはいかない。

「先《ま》ずは香露園と若旦那の評判や人柄なんかを聞き込んでみるか……」

「はい……」

半兵衛と音次郎は、二手に別れて聞き込みを掛ける事にした。


神田川には猪牙舟が行き交っていた。

相良伊織は、昌平橋を渡って神田川北岸の道を小石川御門に向かった。

半次は追った。

ひょっとしたら、小日向の成島屋敷に行くのか……。

半次は読んだ。

もし、そうだとしたなら、用件は成島平四郎に拘わる事に他ならない。
半次は、相良を追った。
成島平四郎に拘わる事とは何なのか……。
相良は、水戸藩江戸上屋敷の前を江戸川に出る道に入った。
行き先はやはり小日向だ、成島屋敷に違いない……。
半次は、重い足取りで進む相良の後ろ姿を見詰めて続いた。

江戸川の流れは煌めいた。
相良伊織は江戸川沿いを進み、中の橋を渡って小日向の馬場に向かった。
半次は尾行た。
相良は、成島平四郎のどんな用で成島屋敷に行くのか……。
半次は、それを知る手立てを思案した。
相良は、小日向の馬場近くの成島屋敷の門前に佇《たたず》んだ。
成島屋敷は表門を閉めていた。
相良は、成島屋敷を眺めて溜息を吐いた。
半次は、物陰から見守った。

相良は、覚悟を決めたように成島屋敷の表門脇の潜り戸を叩いた。

半次は見守った。


谷中の寺町は西日に照らされた。

半兵衛と音次郎は、茶問屋『香露園』と若旦那について聞き込みを掛けた。

茶問屋『香露園』は宇治茶《うじちゃ》、駿河茶《するがちゃ》、狭山茶《さやまちゃ》など諸国の茶の葉を手広く扱い、多くの寺や武家に納めており、繁盛していた。

『香露園』の主の淳悦《じゅんえつ》は茶人でもあり、商売上手だった。

若旦那の淳吉《じゅんきち》は、父親淳悦の薫陶宜《くんとうよろ》しく商売に励《はげ》んでいたが、仕事の殆《ほとん》どを任され、嫁も迎えて気が緩《ゆる》んだのか、取巻きと賭場に出入りし始めた。

そして、貸元の根津の陣内の如何様博奕の餌食《えじき》になったのだ。

半兵衛と音次郎は、聞き込んだ淳吉の動きや噂でそう読んだ。

「で、物静かな中年の侍に陣内の始末を頼んだのですかね」

音次郎は睨んだ。

「さあて、その辺りの仔細《しさい》は分からぬが、中年の侍は淳吉か淳悦の周辺にいる者に違いないだろうな」

半兵衛は読んだ。

「じゃあ、先ずは香露園を見張り、出入りする中年の侍を捜しますか……」

「うん……」

半兵衛は頷き、茶問屋『香露園』の周囲を見廻して見張り場所を探した。

茶問屋『香露園』の斜向《はすむ》かいに潰れた一膳飯屋があった。

「よし、自身番で持ち主か家主を調べ、借りる手配をしてくる。音次郎は香露園の見張りを始めてくれ」

半兵衛は命じた。

「承知しました」

音次郎は頷いた。

半兵衛は、谷中八軒町の自身番に向かった。

音次郎は、茶問屋『香露園』の斜向かいの潰れた一膳飯屋の路地に入った。

茶問屋『香露園』には客が出入りし、賑わっていた。


相良伊織が成島屋敷を訪れ、四半刻が過ぎた。

半次は、見張り続けた。

成島屋敷の表門脇の潜り戸が開き、相良伊織が出て来た。

半次は、相良を見詰めた。

相良は、厳しい面持ちで成島屋敷を振り返り、深々と溜息を吐いた。

何かがあった……。

半次は睨んだ。

相良は、成島屋敷から離れ、来た道を戻り始めた。

足取りは、来た時よりも一段と重かった。

半次は、慎重に尾行た。

夕陽は江戸川の流れを染めた。


潰れた一膳飯屋の窓の外には、茶問屋『香露園』が見えた。

半兵衛と音次郎は見張った。

潰れた一膳飯屋の大家は、運良く谷中八軒町の自身番に詰めており、半兵衛の頼みを直ぐに聞いてくれた。

半兵衛と音次郎は、潰れた一膳飯屋に入って見張りを開始した。

茶問屋『香露園』は、手代や小僧が店先を片付け始めた。

「そろそろ店仕舞《みせじま》いですか……」

「うむ……」

「旦那……」

音次郎は、『香露園』から出て来た羽織姿の白髪の年寄りを示した。

「うむ。旦那の淳悦だ……」

半兵衛は睨んだ。

「はい……」

音次郎は頷いた。

羽織を着た若い男と羽織に前掛姿の中年男が見送りに出て来た。

「若旦那の淳吉と番頭だな……」

「きっと……」

淳悦は、淳吉と番頭に見送られて下谷に向かった。

「よし。音次郎は淳吉を見張れ。私は淳悦が何処に何しに行くのか見届ける」

半兵衛は、刀を手にして立ち上がった。


夕暮れ時。

神田明神の境内に参拝客は少なかった。

相良伊織は、境内の茶店に向かった。

半次は慎重に尾行た。

茶店の縁台には、体格の良い中年の侍が腰掛けていた。

相良は、体格の良い中年の侍の隣に腰掛け、亭主に茶を頼んだ。

体格の良い中年の侍は矢野宗十郎か……。

半次は睨んだ。

相良と矢野は、何事か言葉を交わし始めた。

半次は、夕暮れの境内を素早く迂回《うかい》し、茶店の横に張り付いた。

「縁切状《えんきりじよう》か……」

矢野は眉をひそめた。

「うむ。急な頓死《とんし》と公儀に届け、元服した嫡男恭一郎に成島家の家督を継がせてくれ。そして、自分は成島家と今後一切の拘わりはないと書き記されていた」

相良は、吐息を洩らした。

「そいつが、平四郎が舅の成島兵部に渡してくれと、伊織に届けて来た書状だったか……」

「うむ。ひょっとしたらと思い、成島の御隠居に渡すのを迷い、躊躇《ためら》っていたのだが、こう刻が過ぎると……」

「伊織、お前は平四郎の頼みを聞いてやっただけだ。仕方があるまい……」

矢野は、相良を慰《なぐさ》めた。

「そう思うか、宗十郎……」

相良は、微かな安堵《あんど》を過ぎらせた。

「うむ。それにしても平四郎、相変わらずの律義者だな。さ、酒でも飲みに行くか……」

矢野は、相良を誘った。

「う、うむ……」

矢野と相良は、茶店を出て門前町の盛り場に向かった。

半次は尾行た。

縁切状……。

成島家の家督を嫡男の恭一郎に継がせ、今後一切の拘わりはない……。

それが、平四郎が成島兵部に渡してくれと、相良に届けて来た書状だったのだ。

半次は、相良と矢野の途切れ途切れの言葉からそう読んだ。

夕暮れは夜の闇に変わり、暮六つ（午後六時）の鐘が鳴り響き始めた。


不忍池に月影は揺れた。

茶問屋『香露園』主の淳悦は、不忍池の畔《ほとり》にある料理屋『花月《かげつ》』を訪れた。

半兵衛は見届けた。

淳悦は、料理屋『花月』に酒を飲みに来たのか、それとも誰かと逢うのか
……。

逢うとしたら誰なのだ……。

半兵衛は、料理屋『花月』の女将《おかみ》に逢った。

「北の御番所の白縫半兵衛さま……」

女将は、微かに眉をひそめた。

「うむ。忙しい時に済まぬが、ちょいと訊きたい事があってね」

「何でしょう、どうぞ……」

女将は、茶を淹《い》れて半兵衛に差し出した。

「うん。谷中の香露園の淳悦、誰かと逢うのかな……」

「香露園の淳悦の旦那さまですか……」

「うん、来ているだろう」

「え、ええ。淳悦の旦那さまは、酉《とり》の刻六つ半（午後七時）頃に御同業の旦那さまたちとお待ち合わせですよ」

女将は告げた。

「酉の刻六つ半頃……」

半兵衛は眉をひそめた。

「はい……」

「それにしては、来るのが早いんじゃあないのかな……」

半兵衛は、暮六つの鐘が鳴ったのを覚えていた。

「ええ。淳悦の旦那さまは一人酒がお好きな方でしてね。先に来ては、しみじみ飲んで楽しまれるんですよ」

「ほう。そうなのか……」

「ええ。馴染《なじみ》の仲居を相手に……」

「馴染の仲居……」

半兵衛は眉をひそめた。

「白縫さま、馴染の仲居と云っても四十過ぎの大年増《おおどしま》。娘を嫁にやり、長い旅に出ていた亭主と仲良くやっていますよ」

女将は笑った。

「そうか……」

半兵衛は苦笑した。

「女将さん、お客さまですよ」

盆に載せた徳利《とっくり》を持った大年増の仲居が顔を出し、女将に告げた。

「分かった。直ぐに行きますよ」

女将は頷いた。

「はい……」

大年増の仲居は、座敷に向かって行った。

「あの仲居ですよ。じゃあ白縫さま、お客さまなので……」

「うん。造作を掛けたね」

半兵衛は、礼を云って座を立った。


茶問屋『香露園』主の淳悦に不審な処はなかった。

半兵衛は、料理屋『花月』を出て、淳悦の見張りを解いた。

「ほう。縁切状ねえ……」

半兵衛は眉をひそめた。

「ええ。盗み聞きした相良伊織さんと矢野宗十郎さんの話からすると、どうも成島平四郎さんは、自分から成島家から身を引いたようですね」

半次は読んだ。

「成島平四郎、嫡男恭一郎が元服した今、婿養子の役目は終えたか……」

半兵衛は、成島平四郎の腹の内を読んだ。

「婿養子の役目ですか……」

半次は戸惑いを浮かべた。

「うん。婿養子は家の血筋を繫ぐ為の役目でもある。成島家を恭一郎に継がせ、預かった家督を返した。そして、残りの生涯を本来の村川平四郎として生きて行く事にしたのかもしれないな……」

半兵衛は睨んだ。

「本来の村川平四郎ですか……」

「ああ。村川平四郎、婿養子に出なかったなら、どのような生涯を送るのを望んでいたのか……」

半兵衛は、村川平四郎の運命に想いを馳《は》せた。

「それにしても旦那。成島さまの御隠居、大人しく納得されますかね」

半次は眉をひそめた。

「うむ。成島兵部、どう出るか……」

半兵衛は、厳しさを過ぎらせた。

四

翌朝、北町奉行所に出仕した半兵衛を大久保忠左衛門が待ち構えていた。

成島平四郎の事で成島兵部が何か云って来た……。

半兵衛は、忠左衛門の用を読み、忠左衛門の用部屋に向かった。

「半兵衛、成島平四郎の行方、分かったのか……」

大久保忠左衛門は、筋張った細い首を伸ばした。

「いえ。未だ……」

「そうか……」

忠左衛門は、筋張った細い首で頷いた。

「大久保さま、成島平四郎の一件、何か……」

半兵衛は惚《とぼ》けた。

「う、うん。半兵衛、昨夜、成島兵部が屋敷に参ってな」

「成島さまが……」

「うむ。平四郎捜し、此迄《これまで》とするそうだ」

忠左衛門は告げた。

「ほう。此迄ですか……」

半兵衛は、成島兵部が婿養子の平四郎を捜すのを止める決断をしたのを知った。

「左様……」

忠左衛門は、厳しい面持ちで頷いた。

「そうですか。成島兵部さま、平四郎捜しを此迄としますか……」

半兵衛は、成島兵部の決断を秘かに喜んだ。

「うむ、何があったのか知らぬが……」

忠左衛門は、筋張った細い首を不服気に伸ばした。

「そうですか。して、成島兵部さま、平四郎さんをどのように……」

半兵衛は、成島兵部の出方を詳しく知りたかった。

「うむ。成島平四郎、急な病での死。因《よ》って平四郎嫡男の恭一郎が成島家の家督を継ぎたいと、御公儀に届けを出すそうだ」

「成る程。成島の御隠居さま、そう決められましたか……」

半兵衛は頷き、その裏に潜むものを読んだ。

平四郎の動きを成島家の恥辱と受け取り、討手《うつて》を差し向けて秘かに葬《ほうむ》るつもりなのかもしれない。だが、もしそうだとするなら平四郎捜しを続けさせる筈だ。

平四郎捜しを止めるとなると、秘かに葬るつもりはない……。

成島兵部は、婿養子の平四郎を見限ったのかもしれない。

それなら、村川平四郎の望み通りなのだ。

半兵衛は読み、村川平四郎の為に秘かに喜んだ。

「左様。成島兵部、身勝手な奴だ……」

忠左衛門は、細い首の筋を不満そうに引《ひ》き攣《つ》らせた。

「ま、良いではありませんか……」

半兵衛は苦笑した。

成島平四郎捜しは終わった。だが、平四郎が博奕打ちの貸元陣内を斬り棄てた物静かな中年の侍ならば、事は此では終わらないのだ。

半兵衛は、物静かな中年の侍を捜し続ける事にした。


谷中の寺町は、朝の勤行《ごんぎょう》で読まれる経で満ちていた。

茶問屋『香露園』には、早々と客が出入りしていた。

音次郎は、半次が持って来てくれた握り飯を食べていた。

「音次郎、彼奴《あいつ》が若旦那かな……」

半次が潰れた一膳飯屋の窓辺に座り、茶問屋『香露園』を見張っていた。

音次郎は、窓辺に進んで茶問屋『香露園』を眺めた。

「あの店先で手代に何か云っている羽織を着た若い奴だ……」

「ええ。彼奴が若旦那の淳吉ですぜ……」

音次郎は頷き、竹筒の水を飲んだ。

「あの淳吉が、斬られた根津の陣内に鴨にされ掛けた若旦那……」

「ええ。旦那に商売の殆どを任せられ、所帯《しょたい》を持って、調子に乗っちまったんですぜ」

音次郎は苦笑し、二個目の握り飯を食べ始めた。

「で、賭場に出入りし、陣内の如何様博奕で借金漬けか……」

半次は、厳しさを滲ませた。

「はい。半兵衛の旦那は、陣内を斬った物静かな中年の侍は、旦那の淳悦か若旦那の淳吉の身近にいると睨んでいますよ」

「そうか……」

「で、親分。成島平四郎さん捜し、どうなったんですか……」

「そいつなんだが、成島平四郎さん、どうやら自分から成島家を出て行ったようだぜ」

半次は、奉公人たちと一緒に働いている若旦那の淳吉を見守った。

「へえ。そうだったんですか……」

『香露園』から若い女が現れ、淳吉と言葉を交わして店に入って行った。

「淳吉のお内儀さんかな……」

「きっと……」

音次郎は頷いた。

「おう。御苦労だね……」

半兵衛が入って来た。

「旦那。昨夜、若旦那の淳吉は出掛けず、淳悦旦那は亥《い》の刻四つ（午後十時）前に町駕籠で帰って来ました」

音次郎は報せた。

「変わった事はないか……」

半兵衛は、窓から茶問屋『香露園』を眺めた。

「はい。物静かな中年の侍も現れません」

「そうか……」

「旦那。物静かな中年の侍、谷中の博奕打ちや遊び人に聞き込みを掛けてみますか……」

半次は告げた。

「そうだな。よし、私が見張る。半次と音次郎はちょいと聞き込みを掛けて来てくれ」

半兵衛は命じた。

「合点です」

音次郎は、半次と共に張り切って出て行った。

半兵衛は、窓辺に座って茶問屋『香露園』の見張りに就いた。


半次と音次郎は、谷中の博奕打ちや遊び人に腕の立つ物静かな中年の侍を知らないか、聞き込みを掛けた。

だが、腕の立つ侍を知る者はいたが、腕の立つ中年の侍を知る者は容易に見付からなかった。

半次と音次郎は、粘り強く聞き込みを続けた。


半兵衛は、潰れた一膳飯屋の窓から茶問屋『香露園』を見張り続けた。

茶問屋『香露園』には客が出入りしていた。

訪れた客の中に大年増がいた。

見覚えのある大年増……。

半兵衛は、『香露園』に来た大年増の顔に見覚えがあった。

昨日今日、見た顔だ……。

半兵衛は、昨日今日出逢った年増を思い浮かべた。

大年増は不忍池の料理屋『花月』の女将ぐらいだ。

仲居だ……。

半兵衛は、大年増が料理屋『花月』で茶問屋『香露園』の旦那の淳悦の一人酒の相手をしていた仲居だと気が付いた。

淳悦と大年増は、料理屋の馴染客の旦那と仲居と云う拘わりだけではないのかもしれない。

だとしたら、大年増は何者なのだ。

半兵衛は、潰れた一膳飯屋を出た。


半兵衛は、茶問屋『香露園』の店内を窺った。

茶の香りが漂っていた。

若旦那の淳吉と中年の番頭たちは、寺の納所坊主《なっしょぼうず》など様々な客の相手をしていた。

大年増の姿は、店内にはなかった。

旦那の淳悦と奥の座敷で逢っているのかもしれない。

半兵衛は読んだ。

「あの……」

　小僧が背後から声を掛けて来た。

「おう。ちょいと来な……」

　半兵衛は、小僧を店の横の路地に誘った。


「何ですか、お役人さま……」

　小僧は、戸惑いと怯《おび》えを滲ませた。

「今し方、大年増のお客が来たんだが、店にいなくてね。奥で旦那と逢っているのかな」

　半兵衛は笑い掛けた。

「ああ、あの人は若お内儀のおっ母さんですよ」

　小僧は、半兵衛に釣られたように笑った。

「若お内儀の母親……」

「はい……」

「名前、何て云うのかな」

「はい。おみなさんです」

「おみな……」

半兵衛は眉をひそめた。

「はい……」

「じゃあ、若お内儀は……」

「おちよさまです」

小僧は告げた。

母親のおみなと娘のおちよ……。

半兵衛は知った。

「そうか。造作を掛けたね。此の事は誰にも云っちゃあならないよ」

半兵衛は、小僧に小銭を握らせて口止めした。

「はい……」

小僧は、小銭を握り締めて頷いた。

半兵衛は、茶問屋『香露園』から離れ、斜向かいの一膳飯屋の路地に入った。

村川平四郎と何らかの拘わりのあるおみなとおちよの母娘が漸《ようや》く見付かった。

おみなの身近に村川平四郎はいる……。

半兵衛は睨んだ。

おみなが若お内儀と淳吉に見送られ、茶問屋『香露園』から出て来た。

若お内儀は、おみなの娘のおちよなのだ。

半兵衛は見定めた。

おみなは、淳吉とおちよと挨拶を交わし、風呂敷包みを抱えて茶問屋『香露園』から帰って行った。

おちよと淳吉は見送った。

半兵衛は、巻羽織を脱いでおみなの尾行を開始した。


おみなは、八軒町から天王寺に向かった。

半兵衛は尾行た。

「旦那……」

半次と音次郎が背後に現れた。

「丁度良かった。おみなだよ……」

半兵衛は、おみなを示した。

「音次郎……」

半次は促した。

「合点です」

音次郎は、半兵衛と半次の前に出ておみなを追った。

半兵衛と半次は、距離を取って続いた。

「香露園の淳吉のお内儀の名はおちよ。母親のおみなだ……」

「そうだったんですか……」

「で、おみなの行き先には、娘おちよの夫の淳吉を強請《ゆす》る根津の陣内を斬り棄てた物静かな中年の侍がいる筈だ」

半兵衛は読んだ。

「旦那、じゃあ、物静かな中年の侍ってのは……」

半次は眉をひそめた。

「うん。おそらく村川平四郎だ……」

半兵衛は頷いた。

おみなは、天王寺の東の芋坂《いもざか》を下り、根岸《ねぎし》の里に向かった。

音次郎は尾行た。

半兵衛と半次は、音次郎を追った。

石神井用水《しゃくじいようすい》のせせらぎは煌めき、水鶏《くいな》の鳴き声が響いていた。

おみなは、根岸の里を流れる石神井用水沿いの小径《こみち》を東に進んだ。

音次郎は、物陰伝いに慎重に尾行た。

やがて、石神井用水の南側に時雨《しぐれ》の岡《おか》が見えて来た。

おみなは、時雨の岡の前の田舎道を北に曲がった。


そこには、垣根に囲まれた小さな百姓家があった。

おみなは、小さな百姓家の木戸を潜り、裏に廻った。

裏には井戸と小さな畑があり、手拭《てぬぐい》で頰被《ほっかむ》りをした百姓が野良仕事をしていた。

「お前さん……」

おみなは、頰被りをした百姓に声を掛けた。

「おお、戻ったか……」

頰被りをした百姓は、畑からおみなのいる井戸端に出て来た。

音次郎は、垣根の陰から見守った。

半兵衛と半次が現れ、音次郎の傍に潜んでおみなと頬被りの百姓を見守った。

「おちよ、何の用だった……」

百姓は、物静かな口調で尋ね、頬被りの手拭を取って井戸端で手を洗い始めた。

「赤子が出来たそうですよ」

おみなは微笑んだ。

「赤子が……」

百姓は、声を弾ませた。

「ええ……」

「そいつはめでたい……」

百姓は喜んだ。

「旦那……」

「ああ。成島平四郎こと村川平四郎さんだ……」

半兵衛は、笑みを浮かべて読んだ。

「さあて、どうします」

半次は、半兵衛の出方を窺った。

「ま、逢うしかあるまい」

半兵衛は苦笑し、垣根沿いを畑に向かった。

半次と音次郎は続いた。


「そうか。おちよに赤子が出来たか……」

百姓は、嬉し気に呟《つぶや》いた。

「ええ。おちよに赤ん坊が……」

おみなは声を弾ませた。

「私はおちよにとって良い父親ではなかったが、良い祖父《じい》さんにはなれそうだ」

百姓は笑った。

「ええ。きっと……」

おみなは、笑顔で頷いた。

「やあ……」

半兵衛が現れ、声を掛けた。

百姓とおみなは、振り返った。

半兵衛は、半次と音次郎を待たせて進み出た。

「おぬし……」

百姓は、おみなを庇《かば》うように立った。

「私は北町奉行所の白縫半兵衛。成島平四郎こと村川平四郎さんだね」

半兵衛は笑い掛けた。

「如何《いか》にも。成島兵部さまに頼まれたか……」

平四郎は、半兵衛を静かに見詰めた。

「それ故、捜し始めたが、成島さまはおぬしが相良伊織どのに託した書状を読み、捜すのを止めましたよ」

半兵衛は、小細工なしに告げた。

「そうですか、ならば……」

平四郎は、微かな安堵を過ぎらせた。

「ええ。我らも成島平四郎捜しは止めましたよ。ですが、博奕打ちの貸元根津の陣内が殺されましてね」

「根津の陣内ですか……」

平四郎は、半兵衛を見詰めた。

「ええ。斬り棄てたのは、腕の立つ物静かな中年の侍……」

半兵衛は、平四郎を見返して微笑んだ。

「白縫さんと申されましたな……」

平四郎は、狼狽《うろた》えもせず静かに半兵衛に語り掛けた。

「ええ……」

半兵衛は頷いた。

「私は成島家の婿に入る時、既におみなと夫婦約束をしていましてね。婿に入るのを断わりました。ですが、金に困っていた村川家の主である兄に泣きつかれて……」

平四郎は、物静かに話し始めた。

「成島家の婿になりましたか……」

半兵衛は読んだ。

「はい。婿としての役目を終えたら、必ず戻ると赤子を身籠《みごも》っていたおみなに約束して……」

「そして、嫡男の恭一郎を元服させて婿の役目を終えましたか……」

半兵衛は笑った。

「左様。そして、私は漸くおみなの許に戻りました。身籠っていた赤子、おちよは立派に育ち、茶問屋香露園の淳吉に望まれ、嫁《とつ》いでいました……」

平四郎は、晴れやかな面持ちで告げた。

「して、その淳吉が博奕打ちの貸元根津の陣内の如何様博奕に嵌《は》められ、借金漬けにされて香露園を金蔓《かねづる》にしようと企んでいると知りましたか……」

半兵衛は苦笑した。

「ええ。長い間、父親として何もしてやれず、放って置いた娘のおちよ、父親の私に出来る詫《わ》びは……」

淡々と語る平四郎には、人の親としての苦しみが滲んだ。

「根津の陣内を斬り棄てる事ですか……」

半兵衛は睨んだ。

「如何にも。白縫さん、根津の陣内を斬ったのは私です」

平四郎は、潔《いさぎよ》く陣内殺しを認めた。

「白縫さま。私が、私が頼んだのです。娘のおちよの幸せを護ってやってくれと、頼んだのです。ですから平四郎さまは、陣内を。悪いのは私です。私が悪いのです」

おみなが、半兵衛に涙声で必死に訴えた。

「おみな。私が根津の陣内を斬ると決め、斬り棄てたのだ……」

平四郎は、取り乱すおみなに物静かに云い聞かせた。

「平四郎さま……」

「おみな、私は漸くそなたとおちよの許に戻って来れたのかもしれぬ……」

平四郎は微笑んだ。

おみなは泣き崩れた。

「ならば、白縫どの……」

「平四郎さん。成島兵部さまは、既に成島家当主の平四郎は、急な病で死んだと公儀に届け出た筈……」

半兵衛は笑った。

「白縫どの……」

平四郎は、戸惑いを浮かべた。

「そして、博奕打ちの貸元根津の陣内は、悪辣な真似が過ぎて恨みを買い、物静かな中年の侍に無礼討ちにされた。それだけの事です」

半兵衛は告げた。

「ならば白縫どの……」

平四郎は困惑した。

「村川平四郎さん、根岸の里は静かに暮らす律義者に似合っている。じゃあ、残りの生涯を大切に……」

半兵衛は、平四郎とおみなに会釈をし、裏から出て行った。

半次と音次郎は続いた。

「白縫どの……」

平四郎とおみなは、感謝の眼差しで深々と頭を下げた。


世の中には、町奉行所の者が知らぬ顔をした方が良い事もある……。

半兵衛は、平四郎の陣内殺しを闇に葬る事に決めた。

「旦那、あっしはそれで良いと思いますよ」

音次郎は頷いた。

「そうか。そいつは良かった」

「良かったですね、旦那……」

半次は笑った。

「うん……」

律義者か……。

半兵衛は微笑んだ。

石神井用水のせせらぎは、軽やかに煌めいた。

第四話　馬の脚

一

見覚えのある顔……。

北町奉行所臨時廻り同心白縫半兵衛は、眼の前の辻を横切って行く風呂敷包みを抱えた年増《としま》に気が付き、立ち止まった。

「旦那、あの年増が何か……」

半次は、半兵衛に怪訝《けげん》な眼を向けた。

「うん。ちょいと見覚えがあるような気がしてね……」

半兵衛は、辻を横切って行った年増の後ろ姿を眺《なが》めた。

「追ってみますか……」

「うん。いや、それには及ばないだろう」

半兵衛は苦笑した。

「音次郎、何処《どこ》の誰か突き止めてみな」

半次は、音次郎に命じた。

「合点《がってん》だ……」

音次郎は、辻を横切って行った年増を小走りに追い掛けた。

「半次、人違いかもしれないよ」

「旦那、だったらそれで良いじゃありませんか、後で悔やむよりは……」

半次は笑った。

「うむ……」

半兵衛は、辻を真っ直ぐに進んだ。

半次は続いた。


西堀留川の流れは澱《よど》んでいた。

年増は、風呂敷包みを抱えて西堀留川沿いを小舟町《こぶなちょう》一丁目に進んだ。

音次郎は、年増を尾行《つけ》た。

年増は、西堀留川に架かっている中《なか》ノ橋《はし》の前の小さな団子屋の脇の路地に入って行った。

音次郎は、年増の入った路地の入口に駆け寄り、奥を窺《うかが》った。

路地奥には井戸があり、小さな家が並んでいた。

年増は、並ぶ小さな家の奥の一軒に入った。

音次郎は、路地の入口で見届けた。

残るは名前だ……。

音次郎は、辺りに聞き込む相手を捜した。

路地の入口にある小さな団子屋では、店番の老爺《ろうや》が居眠りをしていた。

「父っつあん、御手洗《みたらし》団子を一本くれ」

音次郎は、老爺に声を掛けた。

「おう。御手洗一本……」

老爺は目を覚まし、御手洗団子を皿に載せて音次郎に差し出した。

「おう。美味《うま》そうだ」

音次郎は、代金を払って御手洗団子を食べ始めた。

「父っつあん、ちょいと訊くが、路地の一番奥の家に住んでいる年増、おとよさんって名前じゃあないのかな……」

音次郎は、鎌《かま》を掛けた。

「いや。一番奥の家の年増はおすみさんだよ」

老爺は告げた。

「おすみさん。じゃあ、人違いか……」

音次郎は、年増の名前を知った。

「だろうな……」

「良く似ていると思ったんだけどな……」

音次郎は、御手洗団子を食べながら路地奥の家を眺めた。

路地奥の家は静かだった。


夕陽は外濠に映《は》えた。

一石橋は外濠が日本橋川に流れる処に架かっており、袂《たもと》に蕎麦屋があった。

半兵衛と半次は、蕎麦屋の奥の衝立《ついたて》の陰で酒を飲んでいた。

「いらっしゃい……」

蕎麦屋の小女が客を迎えた。

「おう。おたまちゃん、うちの旦那と親分は何処だい……」

音次郎の声がした。

た。

「そうか。じゃあ、おたまちゃん、盛《も》りを三枚だ」

音次郎は、蕎麦を注文し、奥の衝立の陰にいる半兵衛と半次の許にやって来た。

「門番の藤助《とうすけ》さんに此処《ここ》だと聞きましてね」

半兵衛は、門番の藤助に音次郎への言付《ことづ》けを頼んで来ていた。

「うん。御苦労だったね」

「いえ……」

「で、分かったかい……」

「はい。小舟町一丁目の路地奥の家に住んでいるおすみと云う年増でした」

音次郎は報《しら》せた。

「やはり、おすみさんか……」

半兵衛は、猪口《ちょこ》を置いた。

「旦那、御存知の人でしたか……」

半次は尋ねた。

「うん。その昔、私が斬り棄てた旗本の家来の御新造《ごしんぞう》だよ」

半兵衛は、手酌《てじゃく》で酒を飲んだ。

「えっ……」

半次と音次郎は戸惑った。

「半次は覚えているだろうが、十年前に町方の者を泣かせる質《たち》の悪い旗本がいてな。私は悪事の証拠を摑《つか》んで目付《めつけ》に訴え出ようとした。その時、旗本に命じられて私に挑んで来た家来がいた」

「そう云えば、そんな事もありましたね」

半次は思い出した。

「うん。その時、挑んで来た家来は石原慎之介《いしはらしんのすけ》、御新造はおすみさんだ……」

半兵衛は告げた。

「そうですか……」

半次は頷《うなず》いた。

「旦那が十年前に斬った侍の御新造さん……」

音次郎は、戸惑いを浮かべた。

「して、音次郎。おすみさん、今は……」

「速水兵庫《はやみひょうご》って浪人の亭主と幼い女の子の三人暮らしだそうですよ」

音次郎は告げた。

「浪人の亭主と幼い女の子か……」

「ええ……」

「おすみさん、再婚したんですね」

半次は読んだ。

「うん。で、亭主の速水兵庫、何をしているんだ」

「聞く処《ところ》に因《よ》れば、亭主の速水兵庫、口入屋《くちいれや》に出入りしており、おすみさんは飾結《かざりむす》び作りの内職をしているとか……」

飾結びとは、着物の帯や羽織、武具や茶の湯の道具などに使われる紐《ひも》で、花や鶴亀などに結んだものである。

「飾結びか。して、暮らしの様子は……」

「貧しいけど、親子三人、仲良く暮らしているそうですよ」

音次郎は、団子屋の老爺に聞いた事を告げた。

「そうか……」

それなら良かった……。

半兵衛は、音次郎の報せに微かな安堵を過《よ》ぎらせた。

「おまちどおさま」

小女のおたまが、盛り蕎麦三枚を運んで来た。

「おう……」

音次郎は、嬉し気な笑みを浮かべた。

「御苦労だったね。ま、食べな……」

半兵衛は苦笑した。

「はい。戴きます」

音次郎は、盛り蕎麦を食べ始めた。

「おすみさん、幸せそうで良かったですね」

半次は、半兵衛に酌をした。

「うん……」

半兵衛は、淋し気な笑みを浮かべた。

どんな理由であれ、己が斬った男の妻子が不幸な目に遭っているのは辛《つら》い事だ。

半兵衛は、猪口の酒を啜《すす》った。

蕎麦屋は夕食時を迎え、客で賑《にぎ》わい始めた。

日本橋川に繋《つな》がる東堀留川に架かっている思案橋《しあんばし》の橋脚《きょうきゃく》に、男の死体が引っ掛かった。

半兵衛は、迎えに来た半次や音次郎と思案橋に急いだ。


男の死体は、思案橋の橋脚から引き上げられた。

半兵衛は、思案橋の袂に敷かれた筵《むしろ》に寝かされた男の死体を検《あらた》めた。

仏は水を飲んでいない……。

「音次郎、腹を押してみな……」

半兵衛は、仏は水を飲んでいないと睨《にら》んだ。

「はい」

音次郎は、仏の腹を押した。

仏は、口から水を僅《わず》かに吐くだけだった。

「土左衛門《どざえもん》じゃありませんね」

半次は眉をひそめた。

「うん。殺されてから放り込まれたようだね」

半兵衛は頷いた。

半次は、仏の肌に張り付いている濡れた着物を脱がせた。

半兵衛は、仏の身体を検めた。

仏の背の左側には、川の水で洗われた刃物で刺された傷痕があった。

「背中を刃物で一突きだ……」

半兵衛は見定めた。

「他に傷がない処を見ると、心《しん》の臓《ぞう》を見定めて背後から一突きにして、東堀留川に放り込んだって処ですか……」

半次は読んだ。

「手慣れた玄人《くろうと》の手口か……」

「きっと……」

半次は頷いた。

「して、仏の身許《みもと》は……」

「遊び人の伝七《でんしち》。強請集《ゆすりたか》りの乱暴者で界隈《かいわい》の鼻摘《はなつま》み、嫌われ者だそうですよ」

音次郎は報せた。

「遊び人の伝七か。恨《うら》みを買っているんだろうね」

半兵衛は睨んだ。

「きっと……」

音次郎は頷いた。

「遊び人の伝七、家は何処だ」

「此の先の川端《かわばた》長屋だそうです」

「よし……」

半兵衛は、自身番の者たちに伝七の死体を川端長屋に運ぶように命じた。

川端長屋は、小網町《こあみちょう》二丁目の日本橋川沿いにあった。

半兵衛は、自身番の者たちが伝七の死体を運び込む前に川端長屋に赴《おもむ》き、家の中を調べた。

川端長屋の伝七の家には、万年蒲団と行李《こうり》、火鉢ぐらいしかない狭く殺風景な部屋だった。

半兵衛、半次、音次郎は、手早く狭い部屋を調べた。

「大した物はありませんね……」

音次郎は呆《あき》れた。

「うん。毎日、人が寝起きして暮らしているとは思えないな……」

半兵衛は、生活感のなさに呆れた。

「旦那、こんなものが部屋の隅に落ちていましたぜ……」

半次が、紅白の紐で花の形に結ばれた飾結びを持って来た。

「飾結びだね」

半兵衛は眉をひそめた。

「ええ。菊の花ですかね」

半次は、飾結びの形を読んだ。

「うん。きっとね……」

半兵衛は、紅白の紐で作られた菊の形の飾結びを眺めた。

「白縫さま……」

自身番の者たちが、遊び人の伝七の死体を運んで来た。


半兵衛、半次、音次郎は、遊び人の伝七の身辺を調べ始めた。

半次と音次郎は、殺された遊び人の伝七と連《つる》んでいた者を捜した。

遊び人の長吉《ちようきち》……。

半次と音次郎は、長吉が住んでいる浜町堀は元浜町の長屋に急いだ。

浜町堀を行く船の船頭は、操る棹《さお》の先から水飛沫《みずしぶき》を煌《きら》めかせていた。

半次と音次郎は、元浜町の裏通りにある古長屋の木戸を潜った。

遊び人の長吉の家は、古長屋の奥にあった。

音次郎は、長吉の家の腰高障子を開けた。

腰高障子は開き、鼾《いびき》と酒の臭いが溢《あふ》れ出た。

音次郎は、顔を顰《しか》めた。

「長吉の野郎、酔い潰れているようだな」

半次は苦笑した。

「ええ……」

「よし……」

半次は、長吉の家に踏み込んだ。

音次郎は続き、腰高障子を閉めた。

鼾と酒の臭いに満ちた家の中は薄暗く、煎餅蒲団《せんべいぶとん》に包《くる》まった男が寝ていた。

「おい、長吉……」

半次は、眠っている長吉に声を掛けた。

長吉は、鼾を止めるだけで眠り続けた。

「起きろ、長吉……」

音次郎は、長吉を揺り動かした。

長吉は、呻《うめ》いて寝返りを打った。

「野郎……」

音次郎は、土間の水甕《みずがめ》から手桶に水を汲《く》み、長吉の顔に浴びせた。

「何だ……」

長吉は驚き、跳び起きた。

「眼が覚めたかい……」

半次は笑い掛けた。

「えっ。何だ、手前ら……」

長吉は、酔いの残る赤い眼で半次と音次郎を睨み付けた。

「遊び人の長吉だな……」

半次は、十手を見せた。

「えっ……」

長吉は緊張した。

「小網町の伝七を知っているな……」

「へ、へい……」

長吉は、酒臭い息を吐いて頷いた。

「伝七、今、誰かに強請集りを掛けているのかい……」

半次は、長吉を厳しく見据えた。

「さあ……」

長吉は、不貞腐《ふてくさ》れたように眼を逸《そ》らした。

刹那《せつな》、半次は長吉の頬を張り飛ばした。

長吉は飛ばされ、壁に激突した。

壁が崩れ落ちた。

「長吉、嘗《な》めた真似をすれば、酒の飲み過ぎで頓死《とんし》した事にしても良いんだぜ」

半次は、長吉の膝に十手を突き立てた。

長吉は、顔を醜《みにく》く歪《ゆが》めた。

「長吉、伝七は誰かを脅していたのかい……」

半次は、冷たく笑い掛け、十手に力を込めた。

「ええ……」

長吉は、苦し気に頷いた。

「何処の誰を脅していたんだ」

「へい。日本橋は室町《むろまち》の呉服屋丸菱屋《まるびしや》を……」

「室町の呉服屋丸菱屋……」

「へい……」

「丸菱屋の何を脅していたんだ」

「お嬢さんが役者遊びに夢中になって身籠《みごも》った事を言い触らされたくなければ、五十両を出せと……」

長吉は、半次の顔色を窺いながら告げた。

「で、丸菱屋はどうしたんだい」

「はい。五十両、直《す》ぐに出したそうです」

「五十両か。長吉、伝七に仲間はいたのかな」

「そりゃあもう。きっと、娘を誑《たら》し込《こ》んだ役者も強請の仲間ですよ」

「じゃあ、その役者、何処の誰だ」

「さあ、そこ迄《まで》は……」

長吉は首を捻った。

「よし。長吉、酒が抜けて酔いが醒《さ》める迄、大番屋に入って貰うぜ」

半次は、長吉が未だ何かを知っていて隠していると睨んだ。

「お、親分、そんな……」

長吉は怯《おび》え、狼狽《うろた》えた。

「煩《うる》せえ。酔いを醒ますには、大番屋が一番だぜ」

音次郎は笑った。

「酔いが醒めれば、いろいろ思い出せるかもしれないからな」

半次は苦笑した。


西堀留川は鈍色《にびいろ》に輝いていた。

半兵衛は、西堀留川に架かっている中ノ橋の袂に佇《たたず》み、小さな団子屋の傍の路地奥を眺めた。

路地の奥の小さな家に、半兵衛が十年前に斬り棄てた石原慎之介の御新造のおすみがいるのだ。

浪人の速水兵庫と幼い女の子と……。
半兵衛は、懐《ふところ》から手拭を出し、間に挟んであった紅白の菊の飾結びを見た。
殺された伝七の家にあった紅白の菊の飾結びが、おすみの作った物とは限らない。
だが、半兵衛は気になった。
路地の奥の家から三歳程の女の子が現れた。
「お待ちなさい、おきく……」
風呂敷包みを持ったおすみが、女の子を追って小さな家から出て来た。
おすみ……。
半兵衛は、木陰に身を隠した。
おすみは、おきくと呼んだ三歳程の女の子と手を繋いで中ノ橋に向かった。
半兵衛は見守った。
おすみとおきくは、手を繋いで楽し気に渡って行った。
半兵衛は追った。

日本橋の通りは賑わっていた。

おすみは、おきくの手を引いて呉服屋『丸菱屋』を訪れた。

半兵衛は見届けた。

呉服屋『丸菱屋』に作った飾結びを納めに来たのか……。

半兵衛は、呉服屋『丸菱屋』の店内を窺った。

おすみは、帳場で番頭に作って来た飾結びを見せていた。

おきくは、おすみの傍で大人しく千代紙人形で遊んでいた。

半兵衛は見守った。

番頭は、おすみに笑顔を見せた。

おすみは、嬉し気に頷いた。

どうやら、作って来た飾結びの出来は良かったようだ。

半兵衛は読んだ。


おすみは、おきくを連れて買い物をして来た道を戻り始めた。

半兵衛は尾行た。

おすみは、路地の入口の小さな団子屋でおきくに団子を買い与え、路地奥の家に入って行った。

半兵衛は見送った。

微かな安堵を覚えて……。

夕陽は沈み始めた。

二

「呉服屋の丸菱屋……」

半兵衛は眉をひそめた。

「はい。伝七、丸菱屋の娘が役者遊びに現《うつつ》を抜《ぬ》かして身籠った事で旦那に脅しを掛け、五十両を強請り取ったとか……」

半次は告げた。

「強請、その五十両で収まりそうだったのかな……」

半兵衛は、厳しさを過《よ》ぎらせた。

「いえ。伝七は丸菱屋を金蔓《かねづる》にして、集り続けるつもりだったかと……」

半次は読んだ。

「ならば、そいつを恐れた丸菱屋が……」

半兵衛は、厳しさを滲《にじ》ませた。

「かもしれません」

半次は、半兵衛の云いたい事を読んで頷いた。

「呉服屋丸菱屋の旦那の名前は……」

「吉次郎《きちじろう》……」

「役者遊びに現を抜かした娘は……」

「二十四歳になるおつたです」

「おつたねえ……」

「ええ。吉次郎の旦那、一人娘のおつたを甘やかして育てたんでしょうね」

「きっとな。で、丸菱屋の旦那の吉次郎が人を雇い、始末させたか……」

半兵衛は、厳しさを滲ませた。

「はい。あっしもそう思いまして、丸菱屋と吉次郎を見張ってみようかと……」

半次は、身を乗り出した。

「うむ。もしそうなら、おつたと遊んだ役者も危ないな……」

「はい。ですが、役者が何処の誰か分からない限りは……」

「動きは取れないか……」

半兵衛は眉をひそめた。

「ええ。事が起こる迄、待つしかないのかもしれません」

半次は、悔し気に頷いた。

「そうだな。処で半次、小舟町のおすみだが、作った飾結び、呉服屋の丸菱屋に納めているようだ」

半兵衛は告げた。

「おすみさんが丸菱屋に……」

「うん……」

「じゃあ、ひょっとしたら伝七の家にあった菊の飾結び……」

半次は眉をひそめた。

「うん。おすみの作った飾結びかもしれないな……」

半兵衛は頷いた。


翌日。

半次は、音次郎に呉服屋『丸菱屋』と旦那の吉次郎を見張らせ、伝手《つて》を頼りに娘のおつたと遊んだ役者を捜し始めた。

呉服屋『丸菱屋』は、朝から客が出入りして賑わっていた。

音次郎は、斜向《はすむ》かいの路地から見張った。

殺された伝七の強請仲間と思われる者……。

呉服屋『丸菱屋』吉次郎が伝七始末を頼んだと思われる者……。

音次郎は、それらしき者が呉服屋『丸菱屋』に現れるのを待った。

「どうかな……」

半兵衛がやって来た。

「今の処、それらしい者は現れませんね」

「うん。殺された伝七の強請仲間は現れても、始末を頼んだ者とは外で逢うのだろうね」

半兵衛は読んだ。

「ええ。そう思って、旦那の吉次郎が出掛けるのを待っているのですが……」

音次郎は、微かな苛立《いらだ》ちを過ぎらせた。

「そうか……」

半兵衛は、呉服屋『丸菱屋』を眺めた。

背の高い総髪《そうはつ》の浪人が現れ、呉服屋『丸菱屋』の前に佇んで周囲を鋭く見廻した。

半兵衛は、素早く音次郎を路地奥に退《ひ》いた。

総髪の浪人は、周囲に不審な者はいないと見定め、呉服屋『丸菱屋』から離れて行った。

「旦那……」

音次郎は、半兵衛の指示を仰いだ。

「よし。私が追ってみよう」

「はい……」

音次郎は頷いた。

半兵衛は、巻羽織を脱いで総髪の浪人を追った。

総髪の浪人は、日本橋の通りを北に進んで十軒店本石町《じっけんだなほんこくちょう》の辻を東に曲がり、本石町の通りを両国広小路に向かった。

半兵衛は、慎重に尾行した。

金龍山浅草寺《きんりゅうざんせんそうじ》の東には芝居小屋があり、山谷堀《さんやぼり》に架かっている今戸橋《いまどばし》の袂にある一膳飯屋には売れない役者たちが屯《たむろ》していた。

半次は、一膳飯屋を訪れて呉服屋『丸菱屋』の娘おつたを身籠らせた役者の割り出しを急いだ。

　昼飯前の一膳飯屋は空いていた。

「室町の呉服屋の娘に贔屓《ひいき》にされている役者ですかい……」

　一膳飯屋の老亭主は訊き返した。

「うん。知らないかな……」

「さあて、御贔屓の女客と懇《ねんご》ろになる二枚目役者は大勢いるからねえ」

　老亭主は苦笑した。

「だろうな……」

「ああ……」

「噂じゃあ、その贔屓の呉服屋の娘を孕《はら》ませたらしいんだが……」

「御贔屓の呉服屋の娘を孕ませた……」

　老亭主は眉をひそめた。

「うん。何か聞いちゃいないかな……」

「そう云えば、馬の脚の紋蔵《もんぞう》がそんな話をしていたな」

　老亭主は告げた。

「馬の脚の紋蔵……」

半次は眉をひそめた。

「ああ。馬の脚を演じるのが上手《うま》い役者だ」

「じゃあ、その紋蔵が……」

「いや。馬の脚に女客の御贔屓は滅多に付かねえ」

老亭主は苦笑した。

「じゃあ……」

半次は、戸惑いを浮かべた。

「ああ。紋蔵が知っているかもな……」

「その馬の脚の紋蔵、何処にいる」

「さあて、家は此の界隈だろうが、知らねえな……」

「知らないか……」

「ああ。だけど、昼になれば遅い朝飯を食いに来るぜ」

老亭主は告げた。

「昼に来るのか……」

半次は、僅かに声を弾ませた。

両国広小路は、見世物小屋や露店《ろてん》が連《つら》なって賑わっていた。

背の高い総髪の浪人は、両国広小路の雑踏《ざっとう》を横切り、神田川に架かっている浅草御門に進んだ。

半兵衛は追った。

浅草御門を渡った総髪の浪人は、蔵前の通りを浅草広小路に向かった。

総髪の浪人は、何処に行くのか……。

呉服屋『丸菱屋』とは、どのような拘《かか》わりがあるのか……。

半兵衛は、想いを巡らせながら尾行た。

総髪の浪人の足取りは落ち着いており、その後ろ姿に隙は窺えなかった。

かなりの遣い手……。

半兵衛は睨んだ。

総髪の浪人は、浅草御蔵前から駒形堂に進んだ。

行き先は浅草……。

半兵衛は読んだ。


昼飯の時が訪れた。

今戸橋の袂にある一膳飯屋に客は訪れた。

半次は、一膳飯屋の隅で訪れる客を見ていた。

馬の脚の紋蔵が来れば、老亭主が報せてくれる手筈《てはず》になっていた。

客は昼飯を食べに来た者と、安酒を飲んで刻を過ごす者たちがいた。

安酒を飲んで刻を過ごす者たちには、売れない暇な役者が多くいた。

老亭主から報せはなく、馬の脚の紋蔵は中々《なかなか》やって来なかった。

半次は、微かに焦《じ》れた。


総髪の浪人は、浅草広小路を横切って花川戸町《はなかわどまち》に進んだ。

半兵衛は、充分に距離を取って追った。

総髪の浪人は、隅田川沿いの道を進んで花川戸町の端にある小さな家の前に立ち止まった。

半兵衛は、物陰から見守った。

総髪の浪人は、小さな家の格子戸を静かに叩いた。

家の中から返事はないのか、総髪の浪人は尚も格子戸を叩いた。

隣の家から初老のおかみさんが出て来た。

「やあ。おかみさん、市村染之丞《いちむらそめのじよう》は出掛けているのかな」

総髪の浪人は、落ち着いた声音で尋ねた。

市村染之丞……。

半兵衛は、家が市村染之丞と云う役者の住まいだと気が付いた。

「それが、お侍さん。染之丞さん、昨日から見掛けないんですよ」

おかみさんは首を捻った。

「昨日から見掛けない……」

総髪の浪人は眉をひそめた。

「ええ……」

おかみさんは頷いた。

「庭に廻ってみよう。こっちだな……」

総髪の浪人は、おかみさんと共に小さな家の庭に廻って行った。

半兵衛は、物陰を出て小さな家に近付き、庭の様子を窺った。

刹那《せつな》、庭の方からおかみさんの悲鳴が上がった。

半兵衛は、庭に急いだ。

庭ではおかみさんが腰を抜かし、座敷を見上げて震えていた。

「どうした……」

半兵衛は、腰を抜かしているおかみさんに駆け寄った。

「ち、ち、血が……」

おかみさんは、震える指で座敷を指差した。

半兵衛は座敷を見た。

障子の開け放たれた座敷には、血が飛び散っていた。

半兵衛は、座敷に上がって血を飛び散らせた者を捜した。だが、血を飛び散らせた者はいなかった。そして、総髪の浪人の姿もなかった。

「おかみさん、市村染之丞は……」

半兵衛は訊いた。

「い、いなくて、血だけが……」

半兵衛は座敷に上がり、飛び散っている血を素早く検めた。

血は丸一日が過ぎた程の固まり具合だ。

「で、総髪の浪人は……」

「戸口に、戸口に……」

おかみさんは声を震わせた。

半兵衛は、開いている襖《ふすま》から廊下の先の格子戸を見た。

格子戸は開け放たれていた。

総髪の浪人は、素早く立ち去っていた。

半兵衛は、座敷と隣の居間を見廻した。

座敷と居間には、争った跡が残されていた。

「おかみさん、此の家の主の市村染之丞ってのは、役者なんだね」

半兵衛は、おかみさんに十手を見せた。

「は、はい……」

おかみさんは、喉を鳴らして頷いた。

「そうか……」

おそらく、市村染之丞が呉服屋『丸菱屋』の娘おつたの贔屓役者であり、腹の子の父親なのだ。

遊び人の伝七に続き、何者かに襲われて殺されたのか……。

もし、そうだとしたなら、役者の市村染之丞は、やはり遊び人の伝七と呉服屋『丸菱屋』の吉次郎おつた父娘に強請を仕掛けた仲間なのかもしれない。

それにしても、総髪の浪人は何者なのだ……。

何用あって市村染之丞の家に来たのだ……。

そして、何処に行ったのだ……。

半兵衛は、想いを巡らせた。


今戸橋の袂の一膳飯屋は、昼飯時も終わって客足も途切れた。

店には暇な者たちが残り、賑やかに酒を飲み続けていた。

半次は、店の隅で馬の脚の紋蔵が来るのを待ち続けた。

だが、紋蔵は現れなかった。

「親分、どうやら紋蔵、今日は来ないな……」

老亭主が板場から現れ、申し訳なさそうに告げた。

「そうか……」

半次は頷いた。

「ま、彼奴《あいつ》らにちょいと訊いてみるか……」

老亭主は、安酒を飲んでいる者たちを見た。

「すまないな」

「任せておきな。おう、皆、今日、紋蔵はどうしたんだ」

老亭主は、安酒を飲んでいる者たちに笑顔で近付いて行った。

「紋蔵なら、昨日、二枚目の市村染之丞を捜していたぜ」

派手な形《なり》の中年男は、安酒を飲みながら告げた。

「集《たか》る相手を捜していたか……」

別の中年男が嘲笑《ちょうしょう》した。

「ふん。手前の弟弟子に酒を集るとは、惨《みじ》めな奴だぜ」

派手な形の中年男は蔑《さげす》んだ。

「処《ところ》が紋蔵の野郎、二、三日前に擦れ違った時、何処に行くんだと訊いたら、借金を返しに行くんだと笑っていたぜ」

派手な半纏《はんてん》を着た中年男は笑った。

「へえ、そいつはめでたい。馬の脚に贔屓客でも付いたかな」

老亭主は笑った。

「かもしれねえな……」

「で、紋蔵、昨日は市村染之丞を捜していたかい……」

老亭主は念を押した。

「ああ……」

派手な形の中年男は頷いた。

「市村染之丞、家は確か……」

老亭主は眉をひそめた。

「花川戸の外れだぜ」

「じゃあ、紋蔵の家は……」

「紋蔵の奴は、金がないので芝居小屋の楽屋に寝泊まりしていたけど……」

「今は寝泊まりしていないぜ」

派手な形の中年男たちは、酒を飲みながら話を続けた。

老亭主は、半次を振り向いて笑った。

半次は苦笑した。

馬の脚の紋蔵は、二枚目役者の市村染之丞に集っていた。そして、紋蔵は金廻りが良くなっていた。

市村染之丞の家は花川戸町の外れであり、紋蔵の塒《ねぐら》は分からなかった。

取り敢えず市村染之丞だ……。

半次は、老亭主に礼を云って花川戸町の自身番に急いだ。

「半兵衛の旦那……」

半次は、浅草花川戸町の自身番に半兵衛がいるのに戸惑った。

「おお、半次……」

半兵衛は、茶を飲みながら笑った。

「どうしました……」

「うん。呉服屋丸菱屋に拘わりのある総髪の浪人を追ったら、二枚目役者の市村染之丞の家に来てな」

「で、市村染之丞は……」

半次は、身を乗り出した。

「家の中に血が飛び散っているだけで、何処にもいなかった」

「総髪の浪人は……」

「逃げられた……」

半兵衛は苦笑した。

「そうでしたか……」

「で、半次、お前は……」

「はい。市村染之丞が丸菱屋のおつたの贔屓役者だと分かりましてね。家の詳しい場所を訊こうと思いまして……」

「そうか……」

「それから旦那、馬の脚の紋蔵と申す役者がいろいろ知っているようです」

半次は告げた。

「馬の脚の紋蔵……」

半兵衛は眉をひそめた。

「ええ。芝居に出て来る馬を演じるのが上手い役者だそうです」

半次は告げた。

「成《な》る程《ほど》、それで馬の脚か……」

半兵衛は苦笑した。

「よし、半次。馬の脚の紋蔵なる者を急ぎ捜し出せ」

半兵衛は命じた。

三

日本橋の通りは賑わっていた。

音次郎は、呉服屋『丸菱屋』を見張り続けていた。

今の処、殺された伝七の仲間や殺《や》ったと思われる始末屋《しまつや》らしい者は現れていない。そして、旦那の吉次郎が出掛ける事もなかった。

音次郎は、粘り強く見張った。

背の高い総髪の浪人がやって来た。

半兵衛の旦那が追った浪人だ……。

音次郎は気が付いた。

背の高い総髪の浪人は、呉服屋『丸菱屋』の前を鋭く窺い、不審がないのを見定めて店に入って行った。

追った半兵衛の旦那は……。

音次郎は、総髪の浪人の来た方を眺めた。

半兵衛の姿は見えなかった。

何かあったのか……。

音次郎は、微かな戸惑いを覚えながら呉服屋『丸菱屋』を見詰めた。

僅かな刻が過ぎた。

呉服屋『丸菱屋』から総髪の浪人が、肥《ふと》った初老の男に見送られて出て来た。

肥った初老の男は旦那の吉次郎……。

音次郎は見定めた。

総髪の浪人は、旦那の吉次郎と挨拶を交わして『丸菱屋』から離れた。

よし……。

音次郎は、総髪の浪人を尾行《つけ》始めた。

総髪の浪人は、日本橋の通りから瀬戸物町《せとものちよう》に曲がった。

音次郎は、慎重に尾行た。

総髪の浪人は、瀬戸物町の通り抜けて西堀留川に出た。そして、西堀留川に架かっている中ノ橋に向かった。

音次郎は尾行た。

総髪の浪人は、中ノ橋を渡って小さな団子屋の脇の路地に入った。

うん……。

音次郎は、中ノ橋の袂から路地の奥を窺った。

総髪の浪人が、路地の奥の小さな家に入って行くのが見えた。

まさか……。

音次郎は、中ノ橋を小走りに渡って小さな団子屋に入った。

「おう、御手洗団子の兄い。どうした……」

店番の老爺は、音次郎を覚えていた。

「今、此処の前を通って行った総髪の浪人、速水兵庫って人かな」

音次郎は、老爺に尋ねた。

「ああ。速水の旦那。おすみさんの亭主だぜ」

老爺は頷いた。

「やっぱり……」

音次郎は、自分の勘が当たったのを知った。

総髪の浪人は、おすみの亭主の速水兵庫だった。

「下手な因縁《いんねん》付けるなよ」

老爺は笑った。

「えっ……」

音次郎は戸惑った。

「普段は女房のおすみさんやおきくちゃんを可愛がる優しい穏やかな人柄だが、結構な遣い手らしいぜ」

老爺は、意味ありげに笑った。

「そいつは桑原桑原《くわばらくわばら》……」

音次郎は、恐ろし気に首を竦《すく》めて見せた。

「で、御手洗団子か……」

「うん。一本貰おうか……」

「おう……」

「処で父っつあん。速水の旦那、何をしているのかな……」

「さあて、普段は剣術道場の師範代や大店の御隠居のお供なんかをしているって聞いた事があるけど……」

老爺は、御手洗団子を音次郎に差し出した。

「へえ、そうなんだ……」

音次郎は、御手洗団子を食べ始めた。


半兵衛は、背の高い総髪の浪人がおすみの亭主の速水兵庫だと知った。

「やはり、速水兵庫だったたか……」

半兵衛は、小さな笑みを浮かべた。

「ええ。で、半次の親分は、役者の市村染之丞と馬の脚の紋蔵を捜しているんですか……」

音次郎は眉をひそめた。

「うん。よし、速水兵庫は私が当たる。音次郎は浅草花川戸町に行って、半次と一緒に染之丞と紋蔵を捜してくれ」

半兵衛は命じた。

「合点です」

音次郎は、威勢良く返事をして浅草に走った。

半兵衛は、懐から紅白の紐で作られた菊の飾結びを取り出した。

菊の飾結びは、殺された遊び人の伝七の家で見付かった物であり、おそらくおすみの作った物なのだ。

半兵衛は、紅白の菊の飾結びがどうして伝七の家に残されていたのかを読んだ。

「そいつを確かめるか……」

半兵衛は、小舟町に向かった。

西堀留川は鈍色《にびいろ》に輝き、緩やかに流れていた。

半兵衛は、西堀留川に架かっている中ノ橋の袂に佇み、掘割《ほりわり》越しに小さな団子屋の横の路地を眺めた。

背の高い総髪の浪人が幼い女の子を連れて、路地の奥から出て来た。

速水兵庫とおきく……。

半兵衛は、中ノ橋の袂の柳の木の陰に身を潜めた。

「さあ、おきく……」

速水は、おきくを抱き上げて遊んだ。

おきくは、楽し気な声を上げてはしゃいだ。

路地の奥からおすみが出て来た。

「さあ、おきく、お父上はお仕事ですよ」

おすみは、速水からおきくを抱き取った。

「うむ。じゃあ、おきく、行って来るよ」

「うん……」

おきくは、大きく頷いた。

「お気を付けて……」

おすみは微笑んだ。

浪人家族の楽しい光景であり、おすみは幸せそうだった。

初めて見た……。

半兵衛は、おすみの笑顔を初めて見た思いだった。

速水は、おすみとおきくに見送られて中ノ橋を渡らず、西堀留川沿いの道を荒《あら》布《め》橋《ばし》に進んだ。

半兵衛は、西堀留川の流れを間にして速水を尾行た。

「お父上……」

おきくの幼い声が響いた。

速水は、振り返って手を振り、落ち着いた足取りで進んだ。

半兵衛は追った。


速水兵庫は、西堀留川に架かっている荒布橋を渡り、袂に佇んだ。

誰かを待っているのか……。

半兵衛は、行く手の荒布橋の袂に佇んでいる速水に戸惑った。

立ち止まる訳にはいかない……。

半兵衛は、構わず荒布橋に進んだ。

荒布橋の袂に佇んでいた速水は、近付く半兵衛に冷笑を投げ掛けた。

尾行は露見している……。

半兵衛は、微かな焦りを覚えた。

「私に用かな……」

速水は、半兵衛を見据えた。

「うむ。私は北町奉行所の白縫半兵衛。速水兵庫さんだな……」

半兵衛は笑い掛けた。

「北町奉行所の白縫半兵衛……」

速水は眉をひそめた。

「如何《いか》にも……」

「その昔、石原慎之介を斬り棄てた同心か……」

速水は、半兵衛を見据えた。

「うむ。おすみさんから聞いているようだな」

「何もかも……」

速水は頷いた。

「そうか……」

「愚かな主の為に死ぬ。気の毒な奴だ、石原慎之介は。して、私に何用かな……」

速水は、半兵衛を見据えた。

「此は、おぬしの物だな……」

半兵衛は、紅白の菊の飾結びを見せた。

「それを何処で……」

「殺された遊び人の伝七の家だ……」

「伝七の家……」

「殺された伝七の家には何しに行ったのかな」

半兵衛は訊いた。

「白縫さん、伝七が何をしていたか知っているのだな」

「伝七は、呉服屋丸菱屋の娘おつたが役者遊びに現を抜かし、贔屓の市村染之丞の子を身籠ったのを知り、世間に知られたくなければ金を出せと強請を掛けて来た……」

半兵衛は告げた。

「流石《さすが》だな……」

速水は苦笑した。

「ならば、続きを話して貰おうか……」

半兵衛は促した。

「丸菱屋の旦那は、伝七に強請られるままに金を払った。だが、伝七たちは丸菱屋を金蔓にしようと企てた。そこで、丸菱屋の吉次郎旦那は私に伝七たち強請の一味を突き止めてくれと頼んで来た……」

「それで、伝七の家に行ったか……」

「うむ。だが、その時、伝七は家にはいなかった。菊の飾結びを落としたのは、おそらくその時。そして、翌日、伝七は思案橋の橋脚に死体で見付かった……」

速水は告げた。

「それで、速水さんは強請の一味と思われる役者の市村染之丞の花川戸の家に行ったか……」

半兵衛は読んだ。

「うむ。だが、家の中は血が飛び散り、市村染之丞は姿を消していた」

速水は眉をひそめた。

嘘偽りはない……。

半兵衛は睨んだ。

「伝七と染之丞の件をどう読む……」

「強請の一味の者は、伝七と市村染之丞の他にもいるかと……」

速水は読んだ。

「そ奴らが伝七を殺し、市村染之丞に何らかの害を及ぼしたか……」

半兵衛は告げた。

「如何にも……」

速水は頷いた。

「して、そ奴に心当たりは……」

半兵衛は、馬の脚の紋蔵の事に触れなかった。

「ない……」

速水は、苦笑しながら首を横に振った。

「ならば、どうやって捜す……」

半兵衛は、速水の出方を窺った。

「相手は強請屋だ。丸菱屋の旦那に金を持って来いと云って来る……」

速水は、冷ややかな笑みを浮かべた。

「そこを捕らえるか……」

「うむ。歯向かえば斬り棄てる……」

速水は、穏やかな口振りで告げた。

「成る程……」

半兵衛は、速水の動きが理に適っていると思えた。

「ならば、今夜は丸菱屋で宿直《とのい》でしてね。此は返して頂く……」

速水は、紅白の菊の飾結びを懐に入れた。

「うむ……」

「では、御免……」

速水は、半兵衛に笑い掛けて日本橋の通りに向かって行った。

半兵衛は見送った。

速水兵庫は、遊び人の伝七と役者の市村染之丞の他に、強請一味の者を知らないのか……。

馬の脚の紋蔵を知らないのか……。

それとも、知っていながら惚《とぼ》け、半兵衛たちを出し抜いて斬り棄てようとしているのか……。

半兵衛は、速水兵庫を暫《しばら》く見守る事にした。

夕暮れ時が近付き、船は忙しく日本橋川を行き交った。


半次と音次郎は、馬の脚の紋蔵と役者の市村染之丞を捜した。だが、紋蔵と染之丞の行方は知れなかった。

「血を飛び散らせたのが染之丞であれ紋蔵であれ、生きていれば大怪我をしている。となると、医者の処かな……」

半次は読んだ。

「親分、きっとそうですぜ。当たってみましょう」

音次郎は意気込んだ。

「よし……」

半次と音次郎は、浅草花川戸町界隈の町医者に聞き込みを掛けた。

聞き込みは、夕暮れの町で続けられた。

夕暮れ時の日本橋の通りは、仕事仕舞いを急ぐ者や家路を急ぐ者で溢《あふ》れていた。
呉服屋『丸菱屋』は、手代や小僧、下男たちが大戸を閉めて店仕舞いを始めた。
半兵衛は、物陰から見守った。
呉服屋『丸菱屋』は、店先を片付けて掃除をし、大戸を閉めて店仕舞いをした。
速水兵庫は、秘かに出掛ける事もなく、宿直を務めるのか……。
半兵衛は読んだ。
呉服屋『丸菱屋』の潜り戸が開いた。
半兵衛は、物陰に素早く隠れた。
速水兵庫が潜り戸から現れ、厳しい眼差しで周囲を見廻した。
見廻りか……。
半兵衛は見守った。
速水は、周囲に不審な者はいないと見定め、潜り戸の内に声を掛けた。
潜り戸は閉められた。
速水は、日本橋に向かった。

よし……。

半兵衛は、物陰を出て暗がり伝いに速水を追った。

日本橋の南詰、高札場《こうさつば》に人気《ひとけ》はなかった。

速水兵庫は、日本橋を渡って高札場に油断なく進んだ。

半兵衛は、日本橋の袂の暗がりで見守った。

「呉服屋丸菱屋の主の使いだ……」

速水は、高札場の暗がりに呼び掛けた。

頭巾《ずきん》を被った男が、高札の陰から現れた。

「五十両、持って来たか……」

「うむ。此が最後の強請だと云う証《あかし》、あるのか……」

速水は尋ねた。

「そいつは、信用するんだな……」

頭巾を被った男は嘲笑した。

「ならば、金は渡せぬ……」

速水は、頭巾を被った男に素早く迫った。

頭巾を被った男は、慌《あわ》てて後退《あとずさ》りをした。
浪人が横から現れ、速水に斬り掛かった。
速水は咄嗟《とつさ》に躱《かわ》し、刀を抜いて斬り結んだ。
頭巾を被った男は、闇に逃げた。
「おのれ、待て……」
速水は、浪人を突き飛ばして追った。
浪人は、激しく息を鳴らした。
「頭巾を被った奴は何処の誰かな……」
半兵衛は、背後から声を掛けた。
浪人は振り返った。
半兵衛は、笑みを浮かべて浪人の首の付け根に十手を叩き込んだ。
浪人は呻《うめ》き、気を失って崩れ落ちた。

四

大川沿い、南本所番場町《みなみほんじよばんばちよう》の高正寺《こうしようじ》に腹を刺され、顔を斬られた男が担ぎ込まれていた。

半次と音次郎は、高正寺に駆け付けた。

男は、腹と顔に晒布《さらし》を巻かれて眠っていた。

「此の男ですか……」

半次は、住職に尋ねた。

「うむ。知り合いの船宿の船頭が大川を流されていたのを引き上げ、担ぎ込んで来てな。直ぐに町医者の香庵《こうあん》どのを呼び、手当てをして貰ったのだが、気を取り戻しても朦朧《もうろう》としていて名も分からぬ始末でな……」

「命の方は……」

「助かるかどうか、未だ何とも云えぬそうだ」

住職は、顔に晒布を巻いた男を哀れむように見た。

「これじゃあ、紋蔵か染之丞か分かりませんね……」

音次郎は首を捻った。

「ああ……」

「どうします」

「和尚さま、顔、どんな風に斬られていましたか……」

半次は尋ねた。

「うむ。鼻を削がれ、両頬を斬られていた」

住職は眉をひそめた。

「じゃあ、争っていて弾みで斬られたんじゃなく……」

「うん。押さえ付けられて斬られたようだ」

住職は哀れんだ。

「そうですか……」

半次は頷いた。

「親分……」

音次郎は戸惑った。

「此奴は市村染之丞だ。馬の脚が二枚目面を蹴飛ばし、斬り裂いたんだ……」

半次は、眠っている怪我人が役者の市村染之丞であり、やったのは馬の脚の紋蔵だと睨んだ。


大番屋の詮議場《せんぎじょう》は薄暗く、冷え冷えとしていた。

半兵衛は、浪人を引き据えて厳しく詮議した。

「もう一度、訊く。逃げた頭巾を被った男は誰だ……」

「も、紋蔵……」

浪人は、嗄《しやが》れ声を引《ひ》き攣《つ》らせた。

「何……」

「紋蔵だ。俺を雇ったのは馬の脚の紋蔵だ」

浪人は、疲れ果てたように吐いた。

頭巾を被った男は、馬の脚の紋蔵だった。

「馬の脚の紋蔵か……」

半兵衛は苦笑した。

「ああ。一分《いちぶ》でちょいと手伝う約束だ」

浪人は告げた。

「して、馬の脚の紋蔵は何処にいる……」

半兵衛は尋ねた。

「良く分からないが、今戸橋の袂の一膳飯屋かもしれない……」

浪人は首を捻った。

「今戸橋の袂の一膳飯屋か……」

半兵衛は眉をひそめた。

「半兵衛の旦那……」

音次郎が入って来た。

「おう。どうした……」

「はい……」

音次郎は、市村染之丞が顔を斬られ、半死半生で見付かった事を囁《ささや》いた。

「そうか……」

半兵衛は頷いた。


馬の脚の紋蔵……。

紋蔵は、二枚目役者の市村染之丞が御贔屓の呉服屋『丸菱屋』の娘おつたを身籠らせたのを聞き、遊び人の伝七を使って強請を始めた。そして、何かがあって仲間割れを起こして伝七を殺し、市村染之丞を始末しようとしたのだ。

今、紋蔵は呉服屋『丸菱屋』の主に二度目の強請を掛け、速水兵庫に阻止されたのだ。

半兵衛は、音次郎を従えて浅草今戸橋の袂にある一膳飯屋に向かった。

今戸橋の架かっている山谷堀は、下谷三《み》ノ輪町《わちょう》から新吉原《しんよしわら》を経て浅草今戸町で隅田川に流れ込んでいる。

半次は、馬の脚の紋蔵が通っている今戸橋の袂の一膳飯屋に向かった。

強請一味を仕切っているのは、馬の脚の紋蔵なのだ。

馬の脚の紋蔵……。

半次は、今戸橋の袂の一膳飯屋に急いだ。


今戸橋の袂にある一膳飯屋は、腰高障子を閉めたままだった。

半次は、戸惑いを浮かべて立ち止まった。

暖簾《のれん》を出すのには早いかもしれないが、腰高障子を開けて掃除や仕込みをしていても良い筈だ。

だが、掃除や仕込みをしている気配はない。

何かあったのか……。

半次は眉をひそめた。

半兵衛は、音次郎を従えて浅草広小路を横切り、花川戸町に進んだ。

辻に佇んでいた速水兵庫は、行き交う人越しに花川戸町に行く半兵衛に気が付いた。

よし……。

速水兵庫は、半兵衛と音次郎を追った。


半次は、一膳飯屋の腰高障子を開けようとした。だが、腰高障子には内側から心張棒《しんばりぼう》が掛けられているのか、開く事はなかった。

半次は、腰高障子を静かに叩いた。

店の中から返事はなかった。

半次は、店の中の様子を窺った。

話し声は聞こえないが、人が動く微かな物音が聞こえた。

店の中で何かが起きている……。

半次は睨んだ。

「親分……」

音次郎が駆け寄って来た。

「おう……」

「半兵衛の旦那が……」

音次郎は、やって来る半兵衛を示した。

「うん……」

「御苦労だね、半次。此処かい……」

半兵衛は、一膳飯屋を眺めた。

「はい。戸締まりがしてあり、誰もいないようです……」

半次は、苦笑しながら頷いた。

「そうか。誰もいないか……」

半兵衛は、微笑みながら腰高障子から離れた。

「ええ……」

半次は続いた。


「人のいる気配はあるのか……」

半兵衛は、一膳飯屋を振り返った。

「はい。紋蔵の野郎が飯屋の父っつあんを脅して潜んでいるのかもしれません」

半次は告げた。

「うむ。よし、音次郎と表を見張っていてくれ、私は裏から入ってみるよ」

半兵衛は告げた。

「心得ました」

半次と音次郎は、緊張した面持ちで頷いた。

「じゃあ……」

半兵衛は、一膳飯屋の裏に廻って行った。

「親分……」

「ああ。見張るぜ」

半次と音次郎は、一膳飯屋の見張りを始めた。


一膳飯屋の裏の板戸には、鍵が掛けられていた。

半兵衛は、十手で鍵を壊して板戸を抉《こ》じ開《あ》けた。そして、素早く中に忍び込んだ。

一膳飯屋の板場には誰もいなかった。

半兵衛は、物陰に潜んで店を窺った。

店には、老亭主に匕首《あいくち》を突き付けている馬面《うまづら》の中年男がいた。

馬の脚の紋蔵……。

半兵衛は、馬面の中年男を馬の脚の紋蔵だと睨んだ。

「紋蔵、今の内だ。さっさと逃げるんだな」

一膳飯屋の老亭主は、疲れ果てたように告げた。

「煩せえ。父っつあん、お前がいろいろ喋《しゃべ》っているのは分かっているんだぜ」

紋蔵は、老亭主に匕首を突き付けた。

「や、止めろ……」

老亭主は仰《の》け反《ぞ》り、声を震わせた。

「父っつあんを殺しても逃げ切れないよ」

半兵衛は、板場を出て笑い掛けた。

紋蔵は、慌てて老亭主を押さえた。

「紋蔵、強請仲間の伝七を殺し、染之丞を痛め付けたのは、お前だね……」

半兵衛は、紋蔵を見据えた。

「染之丞、自慢の面を刻んで隅田川に放り込んでやったのに、生きているのか……」

紋蔵は、馬面を残忍に歪めた。

「ああ、どうして殺そうとしたのだ……」

「あいつら、丸菱屋を長く強請って金蔓にすると抜かしやがったからだ」

「紋蔵、お前は違うのか……」

「所詮、強請は泡銭《あぶくぜに》。さっさと大金を強請り取って御仕舞いよ」

紋蔵は嘲笑《あざわら》った。

「そうか、殺しは強請の手口で揉めての挙句《あげく》か……」

半兵衛は苦笑し、紋蔵に近付いた。

「来るな……」

紋蔵は、老亭主に匕首を突き付けた。

「だ、旦那、助けてくれ……」

老亭主は、嗄《しゃが》れ声を引き攣らせた。

「心配するな。馬鹿な強請屋に殺させはしない……」

半兵衛は、紋蔵に近付きながら僅かに腰を沈めた。

「来るな……」

紋蔵は、老亭主に匕首を突き付けて腰高障子に後退りをした。

半兵衛は、刀の柄《つか》を握り締めた。
刹那、紋蔵は老亭主を半兵衛に突き飛ばして腰高障子を開け、外に飛び出した。
半兵衛は、追い掛けようとした。
突き飛ばされた老亭主は、半兵衛にしがみついた。

紋蔵は、一膳飯屋を跳び出した。
半次と音次郎は、十手を翳《かざ》して紋蔵に襲い掛かった。
紋蔵は、匕首を鋭く振るった。
半次と音次郎は、咄嗟に躱した。
半兵衛が、一膳飯屋から追って現れた。
紋蔵は、今戸橋に逃げた。
速水兵庫が、今戸橋の袂に現れた。
「退《ど》け……」
紋蔵は怒鳴り、匕首を振り廻した。
刹那、速水は抜き打ちの一刀を横薙《よこな》ぎに放った。

閃《ひらめ》きが走った。

紋蔵は腹を斬られ、前のめりになった。

速水は、返す刀を上段から斬り下げた。

紋蔵は、額から真っ向に斬り下げられ、血を振り撒いて棒のように倒れた。

速水は、刀に拭いを掛けて鞘《さや》に納めた。

半次と音次郎は、倒れた紋蔵に駆け寄った。

紋蔵は、既に絶命していた。

「旦那……」

半次は見定め、半兵衛に首を横に振って見せた。

「うむ……」

半兵衛は、速水を見詰めた。

「白縫さん、匕首を振るって襲い掛かって来た狼藉者《ろうぜきもの》を斬り棄てた……」

速水は、昂《たかぶ》りを見せず、穏やかに告げた。

「うむ……」

半兵衛は頷いた。

「御用があれば、北町奉行所にお呼び下されˮ」

速水は、半兵衛に会釈をして立ち去った。

半兵衛は見送った。

「旦那……」

半次は、微かに声を震わせた。

「うむ。鮮やかな腕だ……」

半兵衛は感心した。


強請一味の馬の脚の紋蔵と遊び人の伝七は死に、役者の市村染之丞は辛うじて命を取り留め、すべてを白状した。

半兵衛は、匕首を振るって暴れる紋蔵を通り掛かった浪人の速水兵庫が斬り棄てたとした。

吟味方与力大久保忠左衛門は、呉服屋『丸菱屋』主の吉次郎を呼び、強請の一件を問い質した。

吉次郎は、強請られた事を認めた。

忠左衛門は、市村染之丞を死罪に処して一件を終わらせた。

呉服屋『丸菱屋』の娘おつたの事は、世間に知られずに済んだ。

半兵衛は、浪人速水兵庫を不問に付した。

「通りすがりの浪人ですか……」

音次郎は苦笑した。

「ああ。世の中には、私たち町奉行所の者が知らん顔をした方が良い事もあるさ」

半兵衛は告げた。

「それにしても旦那。おすみさんの為にも速水兵庫さんと斬り合わずに済んで良かったですね」

半次は、小さな笑みを浮かべた。

「まったくだ……」

半兵衛は微笑み、速水兵庫とおすみ、おきく親子の幸せを祈った。

この作品は双葉文庫のために書き下ろされました。

双葉文庫

ふ-16-59

新《しん》・知《し》らぬが半兵衛手控帖《はんべえてびかえちょう》

律義者《りちぎもの》

2022年10月16日　第1刷発行

【著者】

藤井邦夫《ふじいくにお》

【発行者】

箕浦克史

【発行所】

株式会社双葉社

〒162-8540 東京都新宿区東五軒町3番28号

［電話］03-5261-4818(営業部)　03-5261-4868(編集部)

www.futabasha.co.jp(双葉社の書籍・コミックが買えます)

【印刷所】

中央精版印刷株式会社

【製本所】

中央精版印刷株式会社

【フォーマット・デザイン】

日下潤一

ISBN978-4-575-67126-1 C0193

Printed in Japan

金子成人　ごんげん長屋つれづれ帖【一】かみなりお勝　長編時代小説〈書き下ろし〉

根津権現門前町の裏店を舞台に、長屋の人情や親子の情をたっぷり描く、くすりと笑えてほろりと泣ける傑作人情シリーズ、注目の第一弾！

金子成人　ごんげん長屋つれづれ帖【二】ゆく年に　長編時代小説〈書き下ろし〉

長屋の住人で、身重のおたかが倒れてしまった。周囲の世話でなんとか快方に向かうが、亭主の国松は意外な決断を下す。落涙必至の第二弾！

金子成人　ごんげん長屋つれづれ帖【三】望郷の譜《ふ》　長編時代小説〈書き下ろし〉

長屋の住人たちを温かく見守る彦次郎とおよしの夫婦。穏やかな笑顔の裏には、哀しい過去が秘められていた。傑作人情シリーズ第三弾！

金子成人　ごんげん長屋つれづれ帖【四】迎《むか》え提灯《ちょうちん》　長編時代小説〈書き下ろし〉

お勝の下の娘お妙は、旗本の姫様だった!? 我が子に持ち上がった思いもよらぬ話に、お勝の心はかき乱されて――。人気シリーズ第四弾！

金子成人　ごんげん長屋つれづれ帖【五】池《ち》畔《はん》の子　長編時代小説〈書き下ろし〉

お勝たちの向かいに住まう青物売りのお六の、とある奇妙な行為。その裏には、お六の背負う哀しい真実があった。大人気シリーズ第五弾！

坂岡真　はぐれ又兵衛例繰控《れいくりびかえ》【一】駆込み女　長編時代小説〈書き下ろし〉

南町の内勤与力、天下無双の影裁き！「はぐれ」と呼ばれる例繰方与力が頼れる相棒と悪党退治に乗りだす。令和最強の新シリーズ開幕！

坂岡真　はぐれ又兵衛例繰控《れいくりびかえ》【二】鯖《さば》断《だ》ち　長編時代小説〈書き下ろし〉

長元坊に老婆殺しの疑いが掛かった。南町の協力を得られぬなか、窮地の友を救うべく奔走する又兵衛のまえに、大きな壁が立ちはだかる。

芝村凉也

北の御番所 反骨日録【一】

春の雪

長編時代小説〈書き下ろし〉

男やもめの屁理屈屋、道理に合わなければ上役にも臆せず物申す用部屋手附同心・裄沢広二郎の奮闘を描く、期待の新シリーズ第一弾。

芝村凉也

北の御番所 反骨日録【二】

雷鳴

長編時代小説〈書き下ろし〉

深川で菓子屋の主が旗本家の用人に無礼討ちにされた。この一件の始末に納得のいかない同心の裄沢は独自に探索を開始する。

芝村凉也

北の御番所 反骨日録【三】

蟬時雨

長編時代小説〈書き下ろし〉

療養を余儀なくされた来合に代わって定町廻りのお役に就いた裄沢広二郎の前に現れた人足姿の男。人目を忍ぶその男は、敵か、味方か⁉

芝村凉也

北の御番所 反骨日録【四】

狐《きつね》祝言《しゅうげん》

長編時代小説〈書き下ろし〉

盟友の来合轟次郎と美也の祝言を目前に控え、段取りを進める裄沢広二郎。だが、その二人の門出を邪魔しようとする人物が現れ……。

芝村凉也

北の御番所 反骨日録【五】

かどわかし

長編時代小説〈書き下ろし〉

用部屋手附同心、裄沢広二郎を取り込もうと近づいてきた日本橋の大店、鷲巣屋の主。それを撥ねつけた裄沢に鷲巣屋の魔手が伸びる。

藤井邦夫

新・知らぬが半兵衛手控帖

曼珠沙華《まんじゅしゃげ》

時代小説〈書き下ろし〉

藤井邦夫の人気を決定づけた大好評の「知らぬが半兵衛手控帖」シリーズ。その続編が4年ぶりに書き下ろし新シリーズとしてスタート！

藤井邦夫

新・知らぬが半兵衛手控帖

思案橋《しあんばし》

時代小説〈書き下ろし〉

楓川に架かる新場橋傍で博奕打ちの猪之吉が死体で発見された。探索を始めた半兵衛の前に猪之吉の情婦の家の様子を窺う浪人が姿を現す。

藤井邦夫

新・知らぬが半兵衛手控帖
緋牡丹《ひぼたん》

時代小説
〈書き下ろし〉

奉公先で殺しの相談を聞いたと、見知らぬ娘が半兵衛を頼ってきた。五年前に死んだ鶴次郎の半纏を持って……。大好評シリーズ第三弾！

藤井邦夫

新・知らぬが半兵衛手控帖
名無《なな》し

時代小説
〈書き下ろし〉

殺しの現場を見つめる素性の知れぬ老人。後を追った半兵衛に権兵衛と名乗った老爺は何を隠しているのか。大好評シリーズ待望の第四弾！

藤井邦夫

新・知らぬが半兵衛手控帖
片えくぼ

時代小説
〈書き下ろし〉

音次郎が幼馴染みのおしんを捜すと、おしんは思わぬ事件に巻き込まれていた……。粋な人情裁きがますます冴える、シリーズ第五弾！

藤井邦夫

新・知らぬが半兵衛手控帖
狐の嫁入り

時代小説
〈書き下ろし〉

行方知れずだった薬種問屋の若旦那が嫁を連れて帰ってきた。その嫁、ゆりに不審な動きが。知らん顔がかっこいい、痛快な人情裁き！

藤井邦夫

新・知らぬが半兵衛手控帖
隠居の初恋

時代小説
〈書き下ろし〉

吟味方与力・大久保忠左衛門の友垣が年甲斐もなく、後家に懸想しているかもしれない。連れ立って歩く二人を白縫半兵衛が尾行ると……。

藤井邦夫

新・知らぬが半兵衛手控帖
戯《たわ》け者

時代小説
〈書き下ろし〉

昼間から金貸し、女郎屋、賭場をめぐる。旗本の部屋住みの、絵に描いたような戯け者を尾行た半兵衛たちは、その隠された意図を知る。

藤井邦夫

新・知らぬが半兵衛手控帖
招き猫

時代小説
〈書き下ろし〉

ある晩、古い茶店に何者かが忍び込み、床下に大きな穴を掘っていった。何も盗まず茶店を後にした者の目的とは!? 人気シリーズ第九弾。

藤井邦夫

新・知らぬが半兵衛手控帖

再縁話

時代小説〈書き下ろし〉

臨時廻り同心の白縫半兵衛に、老舗茶道具屋の出戻り娘との再縁話が持ち上がった。だが、その茶道具屋の様子を窺う男が現れ……。

藤井邦夫

新・知らぬが半兵衛手控帖

古傷痕《ふるきず》

時代小説〈書き下ろし〉

顔に古傷のある男を捜す粋な形の年増女。湯島天神の奇縁氷人石に託したその想いとは⁉ 人気時代小説、シリーズ第十一弾。

藤井邦夫

新・知らぬが半兵衛手控帖

一周忌

時代小説〈書き下ろし〉

愚か者と評判の旗本の倅・北島右京が姿を消した。さらに右京と連んでいた輩の周辺には総髪の浪人の影が……。人気シリーズ第十二弾。

藤井邦夫

新・知らぬが半兵衛手控帖

偽坊主

時代小説〈書き下ろし〉

質屋や金貸しの店先で御布施を貰うまで経を読み続ける托鉢坊主。怒鳴られても読経をやめぬ坊主の真の狙いは？ 人気シリーズ第十三弾。

藤井邦夫

新・知らぬが半兵衛手控帖

天眼通《てんがんつう》

時代小説〈書き下ろし〉

往来で馬に蹴られた後、先の事を見透す不思議な力を授かった子守娘のおたま。奉公先の隠居が侍に斬られるところを見てしまい……。

藤井邦夫

新・知らぬが半兵衛手控帖

埋蔵金

時代小説〈書き下ろし〉

埋蔵金騒動でてんやわんやの鳥越明神。そんな中、境内の警備をしていた寺社方の役人が殺害された。知らん顔の半兵衛が探索に乗り出す。

藤井邦夫

新・知らぬが半兵衛手控帖

隙間風

時代小説〈書き下ろし〉

藪医者と評判の男を追いまわす小柄な年寄りがいた。その正体は盗人〈隙間風の五郎八〉。北町同心の白縫半兵衛は不審を抱き探索を始める。